대한창작문예대학 제11기 졸업 작품집

시로 꾸며진 정원

시음사
시사랑음악사랑

대한창작문예대학 지도 교수 명단

김락호 지도 교수
-(사)창작문학예술인협의회 이사장
-대한창작문예대학 설립자
-시인, 소설가, 수필가, 평론가

성낙원 학장
-대한창작문예대학 학장
-한국청소년영상예술진흥원장
-대한민국청소년영화제 집행위원장

김선목 지도 교수
-대한창작문예대학 시창작과 교수
-(사)창작문학예술인협의회 이사
-시인, 시낭송가

김혜정 지도 교수
-(사)창작문학예술인협의회 부이사장
-대한창작문예대학 시창작과 교수
-시인, 시낭송가

문철호 지도 교수
-대한창작문예대학 시창작과 교수
-시인
-문학 박사

박영애 지도 교수
-(사)창작문학예술인협의회 부이사장
-대한창작문예대학 시창작과 교수
-대한시낭송가협회 명예 회장및 지도교수
-시인, 시낭송가, MC

#대한창작문예대학 제11기

▶졸업 작품 경연대회 (야외 수업)

▶대한창작문예대학 강의실

- 목차 -

시인 **김명호**

|첫인상 외 9편|

시작 노트

시작과 끝을 몰라 멈추지 못하는 심장은 갈 길 몰라 헤매는 외로움처럼 두근 댄다. 가슴에 기대어 놓은 눈물이 다 쏟아낼 때까지 끝난 것은 아무것도 없이 온통 그리움뿐이다. 이유를 알아야 사는 것이 아니고 살아감 자체가 목적이 되는 하루는 텅 빈 가슴을 잡고 버틴다. 가까이 있어도 나를 찾는 일이 쉽지 않 기에 그 흔적을 따라 작은 시를 마주한다.

함께하신 11기 문예대학 동기 17분과 맺어진 인연 질기도록 같이하고 싶고, 지 도해 주신 박영애 교수님을 비롯한 여러 교수님께 감사 인사드립니다.

5

첫인상 / 김명호

설레었던 처음 순간이
필연이 아닌 우연이었을지라도
당신임을 느낄 수 있었습니다

심장을 뚫을 듯한 울림이
온몸에 스며들어 번지는
전율을 잊을 수가 없었습니다

운명처럼 다가온 찰나가
영원으로 이어지듯
당신과 나를 이어주는 끈이었음을
문신처럼 뇌리에 새겼습니다

행여 시간 지나
누구의 탓으로
막연한 그리움이 될지언정
결코 외면할 수 없음을 알았습니다

오랜 세월이 흘러도
당신의 가슴에
온전히 머물고 싶습니다.

친구 얼굴 / 김명호

같음을 좋아한 만큼
서로 다름을 이해할 수 있기에
모습은 변했지만 마음은 항상 같은 사람

세월의 무게만큼 짙어진 주름 사이
멀어져 간 꿈을 부여잡고
저무는 해를 한탄해도 그저 웃어줄 사람

무얼 겪었는지 어찌 살았는지
괜찮냐고 물어보면 눈물 흘릴까 봐
시간의 기억 속에 남기고 싶은 사람

가슴에 상처 하나씩 품고 살기가
쉽지 않았으리란 걸 알기에
눈짓 하나로 이해해 주고 싶은 사람

한참의 시간을 지나 되돌아온
고향 집 문 앞에 선 친구의 얼굴에는
나의 옛 추억이 묻어 있다

비란 내게 / 김명호

꼭 오고야 말 것 같은 예감은
먹구름을 몰아 천둥을 부르고
번개에 찔려 비를 뿜어낸다

맥없는 빈 가슴에 담긴 빗물은
방황하는 시선을 위로하며
보고 싶지 않은 것을 가려 주고
들키고 싶지 않는 것은 감춰 준다

은은한 빗소리에 짙어지는 커피 향은
우울한 외로움을 혼자 감내하고
라디오에서 흘러나오는 이별 노래는
달래도 듣지 않는 그리움을 씻겨준다

시간이 멈춰 버린 듯 끝없이 내리는 비는
우산 없는 거리를 서성이며 갈 길을 묻지만
가버리고 나면 그뿐 아무 대답이 없다

이 비 그치면 다시 그 자리에 서 있을 텐데

빛바랜 필름 / 김명호

낯선 거리 간절했던 초점
낡은 카메라 속 꿈틀대던 찰나

조각조각 쌓인 흔적
간절히 바랐던 순간의 한 컷

메아리 되어 사라진 과거
뇌리에 박힌 생생한 셔터음

돌아갈 수 없는 삶의 미련
손때 묻은 퇴색된 앨범

아무도 없었다면
어떤 일도 일어나지 않았을까

아닌 척 외면하면
모르는 척 살아갈 수 있었을까

기쁨의 미소도 아픔의 상처도
빛바랜 필름에 선명하다

확신 / 김명호

텅 빈 머리 흔들리는 동공
멈춰 서지 않는 잡념
혼돈으로 얽혀 미로 속으로 빠져들며
누구의 대답도 정답이 될 수 없는 선택

알 수 없는 해답
인정할 수밖에 없는 갈등
가련한 무지의 욕망은
이 또한 지나가리란 걸 알기에
덤덤히 받아들인다

끝없는 집착으로도
쉽게 도달할 수 없는 결론
회피하거나 묵과할 수 없는 명제
종착역에 닿기까지는
누구도 내릴 수 없다는 확신이 차갑다

모래시계의 꿈 / 김명호

괜찮다고 했었는데
그저 지나갈 거라 믿었는데
누구나 한 번쯤 앓는 몸살인 줄로 알았는데

이 끝없는 생의 마지막은 어디일까
다들 아무렇지 않게 잊고 살아갈 텐데
이토록 나에게만 가혹한 이유는 뭘까

한번 살아봤다면 좀 더 쉬웠을까
얼마큼 더 견뎌야 초연할 수 있단 말인가
덜고 비우려 걷고 또 걸어도 제자리다

아니라고 외면하면 벗어날 수 있을까
모른다고 지나치면 웃을 수 있을까
결벽이란 중병에 걸려 헤매는 건 아닐까

누구에게나 한 번뿐인 삶
모래시계에 담아 꿈꾼다면
후회로 맴도는 미련들을 버릴 수 있을까

오늘도 다시 모래시계를 뒤집는다

흰 파도 / 김명호

수만 리 먼바다 돌아
힘껏 달려들어 감싸 안으니 벅찹니다

수평선 보며 잊지 않겠다던 맹세
모래 위 흰 파도 되어 반짝입니다

바보 같은 세월 지켜주겠다던 그 약속
철썩대며 귀에 젖어 가슴에 새깁니다

그저 바라만 볼 수 있어도 좋다기에
그리운 발길 돌려 다시 찾아온답니다

항상 그곳에 머물러 있음을 알기에
시름에 지친 마음 한없이 기댑니다

가슴에 담아 둔 말 하고 싶어
까무러치듯 흰 거품 안고 고백합니다
곁에 있게 해 줘서 고맙다고

빈 잔 / 김명호

가슴 태우다 만 술잔
채워지지 않는 목마름으로 지쳐가고
말라비틀어져 버릴 것도 없는 욕심
거부할 수 없는 눈 빛으로 거릴 헤맨다

남의 배를 빌어 내 배를 채울 수 없는 서러움이
흔들리다 무너져 울어 대고
태어났기에 살아갈 수밖에 없는 삶은
꿈이라는 희망에 지쳐 하늘을 가려본다

가질 수 없다는 것을 인정하고
빈곤의 대물림을 숙명이라 여기고
내 죄 아닌 억눌림에 억울해도
아직 닿지 않은 내일을 갈구해야 한다

빛이 사라지고 어둠이 오면
눈물로 채워진 잔을 비워내고
한 발짝을 내딛기 위해 다섯 걸음 물러선다

회상 / 김명호

고이 숨겨 간직한 추억을
흐르는 강물에 씻어 다시 보는
수채화 같은 사연을 전한다.

불러도 들리지 않고
돌아봐도 대답 없는 인연은
눈 감으면 다가서는 그리움이 된다

감추어도 지울 수 없고
멈추어 세울 수 없는 기억은
오래된 시계처럼 그 자리에 서 있다

허기진 가슴 안고 달려와
말없이 보듬고 터진 울음보는
먼 길 되돌아와 외로움에 눈물 흘린다

스쳐 지나가 알 수 없을지 모르지만
살아왔던 흔적을 찾아서
그때 그곳에서 꼭 만나고 싶다

이대로여도 좋다 / 김명호

이리 흔들 저리 비틀
정해진 곳 없어 돌고 돌아
멈춰 선 곳 모른다 해도 괜찮다

젊어 활짝 핀 꽃일지언정
늙어 주름지지 않는 청춘은 없다
애써 피할 수도 혼자 살 수도 없는 세상
살아 있다는 것만으로 웃음 지어 보는 것은 어떨까

지금 내가 서 있는 이곳은
이미 누가 왔었던 곳이거나
뒤에 다른 이가 머물러 갈 곳이기도 하다
사는 모습이 다르다고 해도 눈과 귀를 기울이면
서로의 마음이 그리 다르지 않음을 알 수 있을 것이다

원래부터 정해진 것은 없듯이
기쁨에 넘쳐 미소 짓거나
후회의 탄식으로 슬프다 해도
다름을 인정할 수 있다면
세월을 떠받친 무게는 훨씬 가벼울 것이다

삶이란 죽을 때까지 살아야 하는 것일 테니까

시인 **김영수**

|고난으로 포장한 행복 외 9편|

시작 노트

글을 쓴다는 것은 나의 마음을 다듬고 성찰하는 것입니다. 나를 다듬어 독자
들의 마음에 스며들어 마음을 교감하고 그 안에서 희망과 위로를 얻을 수 있
다면 좋겠다는 생각으로 글을 씁니다. 이 시들은 내 마음의 감정과 생각 그리
고 기억하고 싶은 순간들을 자유롭게 아름다운 언어로 담아내고자 노력했습
니다. 나의 내면을 드러내는 작은 창이며 독자들과 함께 나누고 싶은 소중한
이야기입니다. 서로의 창을 통해 마음을 들여다보고 독자들과 함께 공감하며
웃을 수 있었으면 좋겠습니다.

고난으로 포장한 행복 / 김영수

철조망에 걸려 너덜거리는 천 조각처럼
쓸데없는 자존심만 펄럭거리며
가난이라는 수렁에서 허우적거렸다

한 발을 빼내면 다른 발이 깊이 빠져들어
현실을 외면할 때마다 시름은 더 깊어지고
담배 연기 자욱한 고뇌를 고래처럼 내뿜는다

금수저가 아닌 흙수저 계급장이
발버둥 치는 반지하 창틀에 걸리고
찬란한 햇빛조차 외면하는 어두운 골목길이다

겹겹이 고난으로 포장된 행복은
포기하지 않는 사람만이 쟁취할 수 있다며
막걸리 한 잔에 희망의 노래 부른다

마음의 옛 살터 / 김영수

꼬꼬지부터 큰 나무로 버티고 선
듬직한 느티나무 같던 아버지
큰 그늘에는 늘 어머니가 계셨다

암탉이 서리병아리 품듯
살붙이를 품에 안고 애오라지
울타리 안에서 다솜을 쏟으시던 어머니

어느 날 아버지는 별이 되어 떠나고
아버지를 그리워하시던 어머니를 보며
울타리를 넘어 댓바람에 떠나온 옛 살터

두 분을 생각하면 가슴이 먹먹해 온다
이제는 하늘에서 살붙이들을 지켜보고 계실
아버지와 어머니는 마음의 옛 살터이다

* 꼬꼬지 : 아주 옛날부터
* 서리병아리 : 이른 가을에 알에서 태어난 병아리
* 살붙이 : 혈육으로 가장 가까운 사람, 부모 자식의 관계에서 쓰는 말
* 애오라지 : 오로지를 강조하여 이르는 말
* 다솜 : 사랑
* 댓바람 : 서슴치 안고 한 번에 바로
* 옛 살터 : 살아 나갈 밑바탕이 되는 터전, 고향

불볕더위 / 김영수

흙을 다지고 불로 태운 아스팔트 위
삭막한 공간을 햇빛이 애무를 한다

후끈후끈 달아오른 대지의 체온이 퍼져
날씨는 점점 더워지고 숨이 막혀 온다

틈과 틈 사이 경계와 경계 사이에
비티고 선 작은 생명에서 경이로움을 느낀다

작은 풀꽃들이 힘겹게 선 길가에서
잡초와 화초를 가르던 마음이 무색하다

편견 속에 불쑥 솟아나는 생각들이
이 더위를 부추기고 있는지도 모른다

시간의 굴레 / 김영수

어둠 속에서 눈을 뜨면
좀비처럼 허공을 더듬는다

생각은 현재를 거슬러
잠자리에 들었던 순간
무의식으로의 여행을 떠난다

꼬리에 꼬리를 무는
시계의 속성과 끝없이
이어지는 생각들은
어쩌면 같은 것인지도 모른다

초침과 분침 그리고 시침
하루와 한 달 그리고 일 년
그렇게 반복되는 삶은
끊임없이 과거의 궤적을 남기며
언제 멈출지 모르는 시계와 같다

엄마의 바다 구강포 / 김영수

봄 햇살이 새순처럼 그리워
뜨락에 앉아 눈을 감으면
따스한 미소를 머금은 엄마처럼
포근하게 어깨를 감싸 안는다

유성처럼 흐르는 엄마의 추억
어린 아들 손잡고 친정 가던 길
고갯마루 밭둑에 발길 멈추고
지난날을 회상하듯 바라보던 바다

"저기가 구강포란다" 하고
아쉬운 한숨을 쉬시던 엄마
바다를 친구 삼아 이야기하던 소녀는
꿈속에서도 너를 잊지 못했다

훠이훠이 흔들리는 갈대야
엄마 친구 구강포야
소싯적 우리 엄마
꿈과 희망은 무엇이라 하더냐

여름비 / 김영수

여름비는 거침이 없다

어깨를 내려치는 죽비처럼
후드득후드득 마음을 후린다

여린 잎이 애처롭게 흔들리며
쓰러져 울어도 멈추지 않는다

꽃피고 열매를 맺을 수 있도록
스스로 일어서게 하는 훈련이다

욕망의 그림자 / 김영수

내면의 생각을 숨기고
평온한 얼굴을 하고 있지만
욕망의 그림자가 꿈틀댄다

세상에 적응하기 위해
가면으로 얼굴을 가리지만
온몸을 휘감는 정열의 불꽃

지금의 현실에 만족하고
감사하다 말을 하고 있지만
심연에서 솟아오르는 불덩이

불의 씨앗이 용트림하듯
부글부글 끓는 마그마처럼
내 가슴은 화산을 품고 있다

장미의 여왕 / 김영수

장미꽃이 만발한 공원에서 아내가 물었다
"내가 이뻐 장미가 이뻐?"
"당연히 당신이 더 예쁘지"
그 후 아내를 장미의 여왕이라 부른다

그러나 나의 장미는 항상 착각 속에 살고 있다
이 세상에서 자기가 가장 예쁘고 특별하다고

태풍 카눈이 지나간 오대산 자락 선재길
계곡을 따라 다소 거친 물소리를 들으며
장미의 여왕과 함께 도란도란 걸었다

햇살이 구름을 비집고 밝게 비추자
장미의 여왕이 빛 속에서 환하게 웃고 있다
웃는 모습이 아름다워 사진에 담는다

때로는 사람이 꽃보다 아름다울 수 있다
장미의 여왕이 행복하게 웃는 모습을 보며
내가 착각 속에 살고 있었음을 고백한다

촛불 켜고 기도하는 밤 / 김영수

어둠 속에서 길을 잃고
절망의 늪에 빠진 사람에게
불빛은 광명이요 희망이다

바람 앞에 촛불이
쓰러질 듯 애처롭게 흔들리다
여명이 찾아오면 밤을 여읜 불빛은
짝 잃은 기러기처럼 서럽게 흐느낀다

고요한 밤
촛불을 바라보고 있으면
불꽃이 두 손을 공손히 모으고
하늘 향해 기도를 올리고 있다

이제까지 살아온 날에 감사하고
참회의 눈물도 흘리며
모질던 세월도 용서하고
사랑의 마음으로 살자 다짐하는 밤이다

회상 / 김영수

삶은 거스르지 못하는 물과 같아서
작은 샘물로 솟아나 도랑을 이루고 강물로 흐르다
이내 바다에 이르는 미지의 여행이다

누구에게나 주어진 인생이라는 도화지
정답 없는 물음표에 한 걸음 한 걸음마다
선택의 기로에서 고뇌하며 채우던 공간

벌거벗은 나목들이 싹을 틔우고
잎이 자라 여백을 채워 풍성한 나무가 되듯이
어느덧 중년이 되어 뒤를 돌아본다

멀고 아득했던 길도 뒤돌아보면 찰나요
지나간 날은 아름다운 추억이 되어 쌓여 있다

이제는 맑은 물소리에 지친 영혼 씻기며
따뜻한 미소로 남은 여백을 채우고 싶다

시인 **김정섭**

|벌레 먹은 단풍잎 외 9편|

시작 노트

인생은 강물과 같습니다
따스한 봄날에 돛단배 띄워놓고 인생 그렇게 맞추어 갑니다

자연 그대로 바람이 불어오듯 맑은 새소리 나뭇잎 사이로
인생도 변화하는 그 모습 찬란합니다

삶은 은유를 창조하고 뿌리내리듯
인생관 새처럼 자연스럽게 높고 넓은 하늘 같은 삶을 펼쳐 봅니다.

벌레 먹은 단풍잎 / 김정섭

거울 속의 나를 다듬어
물결에 비치는 파란 하늘에
나의 모습 눈높이에 나지막이 맞추어
내 마음이 담긴 즐거움을 노래한다

야트막한 개울에서
자아를 찾아가며
문턱에 내리는 햇살을 널어놓고
흩어진 삶의 조각들을 찾아본다

자유롭게 내 마음은 흐르고
예쁘게 물들어 가는 가을 속에
햇살 닮은 바람에 흔들리는
벌레 먹은 단풍잎 같은 나를 사랑한다

삶의 이야기를 접은 색종이
자유로운 표현과 아름다운 향기에
내 마음이 그려진 작은 별 하나
밤하늘에 수놓은 벌레 먹은 단풍잎이다.

팔월의 하얀 장미 / 김정섭

팔월의 무더운 아침
담장 너머로 고개 삐죽 내민
아름다운 당신을 만나면 하루가 설렙니다

당신의 부드러운 손길
내 가슴 위에 가만히 올려놓고
따뜻한 당신의 체온을 느껴봅니다

눈 부신 햇살이 빛나는 아침
신부처럼 웨딩드레스를 차려입은
예쁜 당신에게 내 마음을 보냅니다

별들이 빛나는 팔월의 밤
하얗게 휘영청 밝은 달을 보며
그리운 당신 얼굴 가만히 떠올려 봅니다.

좋은 그날들 / 김정섭

푸르른 나뭇잎이 물결을 이룰 때
지난 내 삶을 돌아보면
아버지 삶의 바탕 그림에서
햇살을 머금고 오롯이 웃음 짓고 있습니다

빛과 소금 같은 어머니의 다은으로
언제나 믿고 보듬어 주시면서
골목길을 걸어가시던 어머님은
아름다운 마음을 담은 맑은 하늘입니다

노란 달빛 내려오는 벼락닫이 넘어
높은 사랑 따뜻한 마음은
밤하늘 별처럼 아름다운 빛의 그리움
아버지 어머니의 온새미로 다솜입니다.

* 오롯이 : 남고 처짐 없이 고스란히
* 다은 : 따뜻하고 은은한 사랑
* 벼락닫이 : 위쪽은 고정시키고 아래쪽만
* 온새미로 : 자연 그대로 언제나 변함없이
* 다솜 : 사랑의 순우리말

꽃잎에 담긴 그리움 / 김정섭

파란 하늘 구름 아래
바람에 살랑이는 꽃잎은
고운 빛깔의 당신 모습에
영혼의 여유를 느껴봅니다

햇살에 묻어나는 물빛 향기에
흘러가는 그리움은
당신을 품은 나의 마음입니다

아름다운 빛으로 피어나는 연꽃은
숨결마저 젖어버린 그리움 되어
당신의 모습을 바라봅니다

노을이 내려온 호숫가 그리움은
긴 시간 모아놓은 깊은 사랑으로
초록 잎에 연분홍 당신을 기억합니다.

시간 속의 촛불 / 김정섭

별처럼 작은 사랑으로
하나의 희망을 품고
소중한 자식을 위해
하얀 초 심지에 불을 밝힙니다

장독대에 달빛이 스며들 때
정화수 떠 놓고 두 손 모아
기도하던 어머니의 모습은
내 마음속에 불빛으로 남아 있습니다

촛불 같은 당신의 사랑이
내 마음에 스며들고
심지에 불을 밝힌 한 송이 꽃은
어둠도 빛이 되는 등불입니다

당신을 향한 그리움 속에
달빛으로 감아올린 바람을 담고
별처럼 쏟아지는 내리사랑을 노래합니다.

바다의 그리움 / 김정섭

햇살 쏟아지는 바닷가
갯바위에 부딪히는 슬픈 소리는
당신을 기다리는 마음 가슴에 담는다

가슴 저미도록 철썩이는 소리에
내 마음 흩어져 포말이 되고
씁쓸한 외로움은 가슴으로 스며든다

바람에 밀려오는 바다 내음은
모래밭에 스며드는 그리움 되어
너와 나의 사랑은 거품 되어 사라진다

그리움을 토해내는 갈매기 울음소리
내 가슴 또 하나의 아픔이 된다

시선이 머무는 해변의 추억들
하얀 등대 앞 빨간 우체통에
내 마음 고이 접어 당신에게 보낸다.

그리움은 빛으로 / 김정섭

검게 타버린 삶의 굴레에서
괴로움 한 아름 가슴에 안고
소리 없는 사랑을 울부짖는다

그리움을 삼킨 노을은
마음속에 쌓아 놓은 아픔으로
끝나지 않은 외로움에 허우적거린다

붉은 물결 애틋한 사랑은
지울 수 없는 아픔이 되어 포효하고
슬픈 가슴 시리도록 그리움을 갈구한다

하얀 가슴 펼쳐 든 여명의 빛으로
그리움을 찾는 철새처럼
얽힌 실타래의 끈을 찾은 희망 속에서
오늘도 힘차게 날갯짓한다.

빗속의 붉은 그리움 / 김정섭

여름을 시작하는 유월
잿빛 하늘을 적셔주는 빗줄기는
여린 가슴에 고인 외로움처럼
밤새도록 추적이며 내린다

메마른 대지에
이슬 같은 빗방울로 꽃을 피우고
뜨거운 열정으로 그리운 향기를 담는다

장독대에 토닥이는 빗소리에
바닥에 떨어진 장미 꽃잎은
기다림에 흠뻑 젖은 붉은 입술 물결을 이룬다

어둠이 내리는 저녁
그리움의 아픔은 가슴으로 스며들고
그렇게 빗소리에 여름은 걸어온다.

소리 없이 그리운 꽃 / 김정섭

봄바람 살랑살랑 불어올 때
어스름한 저녁 빛을 바라보다가
따뜻한 차 한잔에 하루를 풀어 놓는다

그림 같은 내 삶의 부서진 조각들
흐르는 강물 같은 가슴속에서
한 줄기 바람 되어 나를 찾아 헤맨다

노을빛 떨어지는 길모퉁이
당신의 꽃 피워놓고
소리 없이 찾아온 기억 속에서
또 다른 내 모습 공간에 채운다

꽃비 내리던 어느 날
모든 것을 내려놓고
썰물처럼 빠져나간 당신의 빈자리에
설익은 초여름 시린 가슴을 안아본다

찔레꽃 향기 가슴 적셔오는 오월
꽃보다 아름다운 당신을
내 가슴 여백에 그리움으로 채색해 본다.

머물고 싶은 그곳 / 김정섭

아카시아 꽃향기 바람에 스쳐오는
오월의 어느 날
소중한 공간에서 기대하는 설렘으로
당신을 만나 봅니다

손 떨림 환자처럼
자음과 모음이 얽히고 흐트러진
하얀 백지 위의 목마름에
새로운 배움을 시작합니다

아침 햇살처럼 빛나는
수사법 하나 시어 하나에 미소 짓는
배움의 시간 속에서
무지갯빛 출구를 찾습니다

머무르고 싶은 그곳
가르침이 가져온 깊은 사랑
풀잎 위에 이슬방울 엮고 엮어서
동행하는 당신에게 보냅니다.

시인 **남원자**

|새봄이 첫 만남 외 9편 |

시작 노트
자연 속에서 인생을 배운다
때로는 화려한 꽃동산에서 활짝 핀 꽃을 보고 행복을 찾는다
조용하게 불어오는 산들바람 속에서 아름다운 새소리와 대화를 하고 흘러가
는 구름 동산에서 동화를 찍고 먹구름이 지나가는 슬픈 날에는 그리운 사람
을 불러 본다
소녀 같은 감성으로 시와 함께 삶을 노래하고 나의 첫사랑과 아름다운 사랑
을 하고 싶습니다
독자들에게 꿈과 희망을 주고 오래도록 사랑받는 시인이 되고 싶습니다

새봄이 첫 만남 / 남원자

새봄아
너는 은하수 별처럼
아빠 엄마에게 큰 선물로 다가왔다

너를 처음 보았을 때
천군만마를 만난 듯이
가슴에서 뜨거운 눈물이 흘러내렸다

점 하나로 맺어진 인연
가족의 울타리를 만들어 주고
혈통을 이어주는 끈이 되었다

뜬눈으로 지새운 밤이 아깝지 않도록
웃음과 행복을 주고
건강하고 씩씩하게 잘 자라길 바란다.

섬진강 기차마을 / 남원자

푸르름 가득 안고 추억이 꽃물 드는 오월
오색 빛 향기를 품은 눈부신 계절의 여왕
장미꽃 축제의 달이다

꽃내음 그윽한 장미공원에
아련한 옛 추억이 가슴에 스며들어
섬진강 기차마을에 추억을 싣고
내 고향 집으로 달려간다

사립문 열고 들어가 보니
장독대에 아기자기한 꽃마당에는
나비가 날아다니고
장미가 고향 집을 지켜주고 있다

심장이 터지도록 붉게 핀 사랑의 꽃 장미
녹음이 짙어가는 들판에 물결치는 청보리
어머니가 손짓하는 내 고향에 오래도록 머물고 싶다.

올림푸스 / 남원자

창가에 기대어 살포시 눈 감으면
문득 떠오르는 너와의 추억
유성처럼 스쳐 가는 세월 속에
추억만을 남겨주고 떠났다

사계의 시간 속에서
아이들과 함께 성장하는 모습이
파노라마처럼 지나가는 추억들
그 속에 네가 있었다

그 옛날 너를 볼 때는
어느 별에서 왔는지 두 눈은 반짝반짝
찰칵하는 소리에 깜짝 놀라
가슴이 콩닥거리고 설레었다

지금은 골방에서 잠자고 있지만
지난 세월 함께한 시간이 주마등처럼
파란 하늘에 구름이 흘러가듯
내 마음속에 행복했던 순간들이 스쳐 간다.

불같은 청춘 / 남원자

푸른 바다 먼 수평선 바라보며
젊은 시절 앞만 바라보고 달려온
수많은 시간 속에 질곡들이
주마등처럼 흘러서 간다

씨실과 날실의 기억들이
파도처럼 쏴 몰려와 부딪혀
깊은 상념에 잠겨
지나간 시간을 소환한다

해와 달 같은 인생
화살처럼 빨리 지나가고
갈매기 날며 석양에 타는
저녁노을 앞에서 회심에 잠긴다.

파도는 말한다 / 남원자

눈이 부시게 아름답던 바닷가
은빛 모래 위에 새겨진 사연
거센 파도처럼 그리움이 밀려온다

파란 하늘에 태양은 빛나고
은모래 백사장에 추억을 실어
푸른 바다 곡예사가 너울너울 춤춘다

밀려왔다 밀려가는 파도 소리
지난 시절 옹이 진 마음
깊은 블랙홀에 날려 보낸다

하얗게 포말을 일으키며
물밀듯 밀려오는 하얀 그리움
당신이 더 그리워지는 밤입니다.

가난한 날의 행복 / 남원자

파도처럼 밀려오는 걱정에
부서지는 가장의 마음을
정답게 어루만진다

빠듯한 살림살이에 곡예를 하듯
아슬아슬했던 지난 세월이
바람처럼 흘러갔다

철없던 아이들을 달래며
약한 모습 보이지 말자고
초롱초롱한 눈빛에 희망을 걸었다

어느새 우뚝 자란 아이들이
가정을 이룬 모습을 보며
행복이 꽃필 손주를 기다린다.

눈물로 피는 꽃 / 남원자

자기의 몸을 태워
달구어진 심지는
무상 속 그리움을 태운다

심지에 핀 한 송이 불꽃은
밤새도록 타다가
눈물 꽃으로 피어난다

참을 수 없는 서러움에
눈물이 뚝뚝 떨어지는
애달픈 사랑을 고백한다.

세 번째 스무 살 / 남원자

요란한 장맛비 속에서
멍하니 창밖을 바라보니
저 빗속에 쓸쓸하게 걷고 있는
지난날의 내가 보인다

허물어진 담벼락엔
웅크린 것들이 숨어있고
시멘트 속에서 핀 민들레를 보니
어둠과 스산함이 교차한다

척박한 땅에서도 솟아오르는
민들레는 노란 꽃을 피우고
벌과 나비에게 꿀을 준다
늘 도전하는 너를 닮아가고 있다

자연 속에서 인생을 배우고
아름다운 꽃들을 보며
한 송이 꽃을 피우기 위해
흔들리는 바람에도 꺾이지 않았다

세 번째 스무 살
아름다운 꽃처럼 향기를 내며
벌과 나비에게 달콤한 꿀을 주고
갈매기처럼 훨훨 날고 싶었던
꿈을 회상해 본다.

담쟁이의 꿈 / 남원자

거칠어진 손마디 마디
간절한 마음으로 희망을 담아
하늘을 향해 기도를 드린다

가시밭길 시간을 더듬으며
담벼락과 한 몸이 되어
저 높은 꿈을 향해 오른다

거친 비바람에 옷깃이 해지고
빗길에 넘어지고 미끄러져도
그의 손을 놓지 않았다

단단하게 뻗어 나가는
담쟁이의 강한 의지와 신념
작열하는 태양에도 꿋꿋하게
초록 위 꿈을 펼친다.

장미의 계절 / 남원자

담장에 피어 있는 꽃을 보면
어릴 때 가시에 찔린 기억이
몽글몽글 피어오른다

아버지는 담장 밑에 장미를 심어
꽃으로 울타리를 만들어 놓고
임이 오는 계절이 돌아오면
덩굴장미가 아름답게 수를 놓았다

빨간색 분홍색 저고리 입은 색시들
다정한 연인들이 함께 사진을 찍는다
사랑의 향기가 가득한 꽃밭에서
예쁜 포즈로 추억의 앨범을 만든다

가지마다 매달린 봉긋봉긋 꽃송이
비를 맞고 환하게 웃는 모습이
어린 시절 행복한 가족의 모습 같았다.

시인 **문방순**

|노년의 삶 외 9편|

시작 노트

어느 날 시인이라는 이름을 얻게 되었다
하지만 시를 쓰기에는 갖춰야 할 기본이 필요하다는 것을 깨닫는 데
그리 오랜 시간이 필요하지 않았다
문예 대학이라는 과정을 통하여 창작에 필요한 기본적인 공부가
얼마나 많이 필요한 것인지 더욱 깨닫게 되었다
이제 한 편의 시를 쓰기 위해 기본에 충실하며
두려운 마음으로 시인의 자리에 서야 한다는 다짐을 해 본다.

노년의 삶 / 문방순

흘러가는 세월의 길목
그 틈새로 보이는 삶은
안개가 자욱하다

숨 가쁜 오르막길도
고운 햇살 가득 한 날에도
걸음마다 남겨진 사연은
오늘의 나를 길러낸다

내 삶의 그림에 담긴
이름 모를 꽃들이
희미하게 채색되어지더라도
따뜻한 이야기로 피어나면 좋겠다

흘러간 세월을
다시 살아낼 수 없지만
남은 시절엔
살아온 날들을 보듬어 안는
넉넉한 나를 만나고 싶다

당신의 고향 / 문방순

당신의 뒷모습 바라보면
내 마음은 어느새
애틋한 눈물이 됩니다

태어난 곳도
자라난 곳도
서러움만 키워낸 자리
당신은 그곳을
고향이라 이름하였습니다

피난길에 태어나
따뜻한 고향 어디였는지
들풀처럼 청초한 삶을 지켜낸 당신
울타리 곱게 다듬어
아들딸 손주 길러낸 이곳이
진정한 당신의 고향입니다

머리에 하얀 서리 내리고
설익은 삶이 아쉬워
비에 젖은 마음을 일으켜 세우며
새벽 여명을 열고
짙게 내린 어둠을 마주하는 당신
여보!
이제 당신은 나의 고향입니다

비의 슬픔 / 문방순

구름이 싣고 가다
마음대로 쏟아 버리고
바람이 데리고 가다
마음대로 뿌려 놓는다

계절도 시간도 가늠할 수 없지만
여름 한철 내리는 비는
서러워 자꾸만 눈물이 난다

며칠 동안 맘을 놓고 내리면
장마라고 푸대접 받고
길 가다 소나기를 만나면
우산을 내놓으라 야단이다

가뭄에 애가 타는 산과 들은
목이 마르다 아우성치고
태풍이 몰고 가다 버리고 가면
어디로 가야 할지 길을 잃어버린다

선택할 수 없는 비의 설음
이 여름엔 조용히 바라보며
창조의 섭리에
침묵할 수 있었으면 좋겠다

사계(四季) / 문방순

봄, 여름, 가을, 겨울
사계절은 아름다운 세상이다

어느 한 철 앞질러 가지 않고
어느 한 철 거꾸로 가는 일 없이
예의 바른 시계다

철마다 생명을 보듬고
철마다 삶을 길러내는
시곗바늘처럼 순리를 따르는
고요한 질서가 참 좋다.

절 울음소리 / 문방순

파도가 그리워
고향 바다에 가보았다

"비 오젠 절 울엄져" 하던
어머니의 목소리와 함께
그리움이 파도를 넘고 있었다

비가 오려면 들려오던 절 울음소리는
먼바다에서부터
수많은 파도가 달려오는 소리였다

어린 시절 밭일할 때면
십 리 밖 들녘까지 달려와
온 섬을 잠식할 것 같아 무서웠다

지금도, 내 고향 제주 바다는
하얀 너울을 쓰고 수없이 달려와
부서지고 또 부서지며
그날의 울음을 전하고 있었다.

* 제주어 '절' : 파도를 가리킴
* 제주어 "비 오젠 절 울엄져" : "비 오려고 파도가 운다"

가난하게 사는 일 / 문방순

가난한 사람과 결혼하겠다던
황당한 소녀가 있었습니다

여린 봄 햇살 같은 소녀는
전 재산이 오만 원밖에 없다는 남자와
세간살이 없는 방에서 말간 밥상을 차리며
생각마저 맑았습니다

하지만, 살아내야 하는 울타리는
고된 땀으로 쌓아야 하고
그 수고로움을 외면하는 가난은
가끔은 높은 산이었습니다

지독한 가난을 겪는 이들과
그 가난을 이겨낸 이들에겐
가벼운 잣대는 죄스러웠지만
가난은 부끄럽지도 슬프지도 않았습니다

노년의 길목에 서서 바라보니
가난하게 사는 일은
그저 살아내는 일이었음을
세월의 동산에는 따뜻한 바람이 붑니다

촛불의 의미 / 문방순

바람이 분다
흔들리는 불꽃을 끌어안고
가슴은 까맣게 멍이 들어도
너를 위해 지켜내야 한다

꺼지지 않는 빛으로 남아
하얀 눈물로 흘러내린 사연은
시린 어둠을 거둬내는
희망으로 남아야 하는 까닭이다

작은 불씨로 모여
거대한 섬광을 이루던 날엔
시대의 한복판에
새로운 강줄기를 만들어 내는
역사로 남기도 했다

모든 생명의 숙제는
함께 살아내야 하는 몫이기에
내 몸을 태워 불꽃이 된다 한들
너를 잊고서야
존재의 의미는 없는 것이다

나의 봄날 / 문방순

파란 하늘과 옥빛 바다와
꿈꾸는 소녀가 희망을 노래하고
들꽃들이 나비와 인사를 나누던
아름다운 동산은 나의 봄날이었다

흙냄새 정겨운 들길을 걸을 때면
청보리밭 사이로 푸드덕거리는 메추리 소리에
어느 곳에 알을 품었을까
궁금한 이야기가 함께 걸었다

유채꽃 물결 너머
아련히 보이는 수평선에서
하나둘 다가오는 돛단배들은
육지 소식이 궁금한 소녀에게
상상의 나래를 실어다 주었다

그렇게 나의 봄날은
아지랑이 곱게 피는 산길 따라
옹기종기 다정한 오름들과
백록담에 잔설이 시를 짓는
행복한 나라였다

때늦은 편지 / 문방순

어렴풋이 생각납니다
아버지가 불러 주시던 자장가와
어깨를 토닥여 주시던 따뜻한 손길

열이 너무 높아
아무것도 먹기 싫다던 제게
가장 좋아하는 마른오징어 한 마리 구워 주신 아버지
애타는 그 마음 모르고
쓰다고 떼를 썼던 기억에
지금도 눈물이 납니다

중학교 입학시험장에 묵묵히 따라나섰던
검정 두루마기의 아버지
고향 떠나 공부하는 딸에게
고향의 사계절을 편지로 전해주시던
다정한 위로를 기억합니다

결혼하고 장마철에
아무 생각 없이 사는 딸에게
눈물 자국으로 얼룩진 편지를 쓰셨던 아버지
걱정의 깊이가 얼마였는지 가슴이 아픕니다

돌아가신 어머니가 그리워
고향 집 찾아간 딸의 눈물에
말없이 밥상으로 답해주시던 아버지
당신의 사랑이 깊고 아름다웠음을
때늦은 후회를 하며
보낼 곳도 없는 편지를 씁니다

아버지 사랑합니다 그리고 고맙습니다

장미와 나 / 문방순

이 세상 어디에
가시 없는 사람이 있을까
향기 없는 사람이 또 있을까

그윽한 장미 향에 이끌려
사랑하는 마음 꽃잎에 닿으면
손끝에 찔린 가시는 눈물이 된다

노란 장미 닮은 따뜻한 친구도
하얀 장미 닮은 순수한 사람도
가슴속에 가시가 돋고 향기도 품는다

화려한 얼굴에 고운 향을 지닌 채
감추고 싶은 가시가 힘들게 하여도
사랑과 정열을 피워내는 장미

빨강 노랑 하양 장미가
서로 다른 고운 향 품고 피어나듯
나도 나만의 색깔과 향기로 피어나고 싶다

시인 서준석

|가을 포구 외 9편 |

시작 노트

더위에 불쾌지수가 꽤 높아진다.
짬짬이 글 쓴다고 붓을 들어보았지만
마음대로 글이 방향을 잡지 못하고 헤매던 게 여러 번이다.
그때마다 부채 들고 나무 그늘 찾아 토닥이며 겨우 내놓은 글이다.
나뭇잎에서 물방울이 이마를 때린다.
우산을 챙기라는 경고지만 내게는 더 분발하라는 꿀밤 같다.

가을 포구 / 서준석

가을 끝에 남아있던 자투리 볕이
마지막 향을 간직한 들국화를 흔들어
멀리 떨어진 모퉁이까지 전해주고

해안가를 돌아 불던 알싸한 해풍은
갯벌에서 들었던 비밀 같은 이야기를
파도에게 토씨 하나 빠트리지 않고 들려준다

뱃멀미로 술렁거리던 포구
해진 뒤 한 잔 술에 흠뻑 젖어 들던
구성진 노랫가락도 잦아들고

깊어져 가는 밤 선창가
닻줄에 지탱하는 작은 배를
파도가 자장가를 불러 재우고 있다.

겨울 낙조 / 서준석

바다 가운데 떨어진 빨간 낙조에
한 줄기 삭풍(朔風)이 스쳐 지나갈 때마다
비릿한 오존 신선함을 배달해 주어
분망한 하루의 일탈을 힐링해 주고 있다

허물어진 모래톱에 걸려 기울어진
수많은 세월 낡아진 돛단배는
찢어진 돛 포를 펼쳐 세워
수평선을 헤치고 나갈 날만 기다리고

밤새도록 파도의 옛이야기를 듣던 방파제는
등대에 불을 켜놓은 채 잠이 들어
짙은 어둠이 멀리 밝아오자
새벽 선잠에서 기지개를 켜고 있다

한동안 눈이 내린다는 소문이 파다했었지만
약속도 없이 그해 눈이 내리지 않았다

나는 어디 갔지 / 서준석

다람쥐 쳇바퀴 돌리듯
돌아만 가는 반복되는 하루
늘 지나치는 벽거울 앞에 서서
나를 보았다

나는 온데간데없고
웬 나이 많은 할아버지가 서 있다
등은 구부러지고
얼굴엔 주름 허연 머리칼
당신은 누구냐고 묻고 싶다

내가 언제 이렇게 되었나
나를 잃어버리고 사는 동안
변한 것을 모르고 지나친 것을
처음 안 것 같다

거울을 보면 사진 속 내 모습이 아닌데
순식간에 지나간 세월
마음은 아직인데
사진처럼 나를 되돌려 놓고 싶다

내 고향 집 / 서준석

떠나온 지 반세기 넘어
찾아간 내 고향 집
뛰놀던 마당에 수풀이 무성하고
무너진 집터에 어릴 적 추억이 서려 있다

어머니 아침밥 지으실 때
매운 연기 눈물 한소끔 흘리셔야
가마솥에 보리밥 뜸이 들었고

냇가 웅덩이에서 물장구치고
둥구나무 그늘 밑에 버들피리 꺾어 불면
불어오던 산들바람 더위를 쫓아 주었다

저녁해가 앞산자락 숨어들 때
모깃불 피우고 팔베개 베고 누우면
밤하늘에 유성 길게 떨어지고
멀리서 소쩍새 울었다

바다 / 서준석

모퉁이를 돌아서
그와 처음 만나는 동안

갈매기 반갑다고 울어대고
갯바람에 묻어오는
비릿한 내음이
어찌 그리 정겹던지

조개껍데기를 등에 업은 모래사장을
토닥여주던 등댓불은
수평선에 멈추어 서 있고

동백 꽃잎을 빨갛게 빨갛게 피우려고
밤이 깊어가도록 파도는 잠 못 들고 있다.

아름다운 추억 / 서준석

지금도 나에게는
언뜻언뜻 떠오르는 얼굴이 있다
초등학교 다닐 때 이웃 친구네 집 먼 친척이
여름방학에 놀러 온 여학생이다

봇도랑 길옆에서 네잎클로버를 따주자
클로버꽃으로 팔찌를 만들어
내 손목에 묶어줄 때 숨이 멎는 줄 알았다
가슴이 콩닥콩닥 뛰었었다

그뿐이다. 다시는 만나지 못했지만
그 후 몇십 년이 흘러갔어도
그때의 기억을 떠올리면
가슴이 콩닥콩닥 거린다

어머니의 기도 / 서준석

삼라만상 어둠 속에 고요가 깃들면
고단한 잠 떨치고 일어나셔서
세안으로 곱게 다듬으신 어머니

캄캄한 밤 주름진 두 손 모으시며
초에 불을 붙여 정화수 옆에 놓으시고
오직 자식들의 안위를 위해
어머니의 가슴속을 태우는 간절한 기도

그 애절함에 촛농이 방울방울 녹아내려
심지까지 타 불이 꺼지고
어머니의 눈가에 맺혀진 이슬 그 염원이
동녘 하늘을 붉게 물들였다

자주 오겠다는 말에
말없이 웃기만 하시는 어머니
등 굽고 초라한 모습에
왈카닥 눈물이 난다

여우비 / 서준석

무더위가 한창 기승을 부리던 날
갑자기 장대 소나기 쏟아져 내려
먹빛 툇마루에 달콤한 낮잠을
낙숫물이 깨우고 있다

시멘트브로크 담 밑에 웅크린 장미
내리는 비에 숨죽이고 있다가
비 멎은 뒤 디딤돌에 올라서서
아름다운 이불로 담장을 덮어놓았다

저녁나절 구름에 가려졌던 햇볕이
슬그머니 고개 내밀고
멀리 소나기 한줄기 지나간 강 언덕에
영롱한 일곱 색깔 무지개 떠 있다.

울타리에 핀 장미 / 서준석

장미 덩쿨이 타고 오르던
내가 살던 여인숙 같은 작은방은
늘 반쯤 마시다 만 찻잔과
갈피 접힌 책이 전부였지만

미닫이창을 열면
울타리가 된 장미꽃에
노을이 머뭇거리고
황혼빛 미풍에 설렘이 가득했다

어느 꽃향기에 흠뻑 젖어있던 날밤
장미 꽃나무 아래서
밤새도록 가슴을 후비는 듯한
소리 낮은 울음이 동이 틀 때 멎었다

아침 맑은 이슬 머금어 있었던 꽃이
울타리가 된 곳을 지나갈 때면
가끔은 잊어버렸었던
그 울음이 들리는 듯하다

철새 휴게소 / 서준석

작은 계곡 하늘가에 떠돌던 철새
낮게 가라앉은 운무를 덮고
침목 한 귀퉁이를 돌려 베고 누워
겨울이 깊어져도 움츠리고 있다

세찬 강바람에 고개 숙인 갈대밭에
무리를 이루어 둥지를 틀고
하루 두 번 기차 지나가는 간이역에
텃세하는 기적소리에 깜짝 날아오른다

와있는 겨울이 맹추위를 떨치고 있어도
봄이 오면 보내주어야 하는 작별 인사말을
원고지 하얀 여백 위에 촘촘히 적어
아쉬운 마음을 전하려고 연습하고 있다

시인 송근주

|공기 외 6편|

시작 노트

다시 시작합니다. 반복 연습합니다. 몸이 스스로 알아 챙기게 합니다. 움직일
수 있도록 살아있다는 기억을 찾고자 합니다. 의식을 깨우지 않으면 내가 숨
을 쉰다는 것을 알지 못합니다. 무의식의 세계에서 나는 살고 있습니다. 나는
꿈을 꾸고 있습니다. 하루의 일상생활이 반복되고 있습니다. 의식을 잠재 된
의식을 깨워 나의 정체성을 찾으려 합니다. 누구에게나 있는 의식과 무의식의
잠재 된 세상에 살고 있습니다. "꿈" 같은 세상 한 번뿐인 이승의 삶을 살아가
고 있고, 살아있고, 사라진다는 것을 알고 있습니다. 숨 쉬고 있음에 감사합니
다. 내가 살아있다는 것을 알 수 있어 감사합니다.

산다. 죽는다 / 송근주

살아있을 때는 바쁘게 살아간다
멈추지 않고 쉼 없이
숨 가쁘게 살아간다
숨이 차올라도 몰아쳐 가며
영원히 살 것처럼 산다

고향이 다르고
부모가 다르고
살아온 길이 다르다
나누고 베풀고 기뻐하고 슬퍼하는 사람들에게
감사하며 살아야 한다며 산다

살아 있으니
사랑과 축복으로
종소리 새소리 노랫소리 뽐낸다
기억을 찾아가 그리워할 때
추억으로 가슴에 남아 산다

죽어있어도 두 번은 살아있다
영혼과 육체는
살아있음을 증명이라도 하듯이
잠자다 일어난 것도 아닌데
두 번은 깨어있어도 죽는다

죽지 않았다는 움직임 없는
숨을 들이마시며 가쁘게 숨 쉬는
오전 오후의 빙의 된 시간에서
떠날 때가 왔다는 걸 알았을 때
떠날 자리에 모여서 죽는다

살아있을 때는 다 다르다
죽어있으니 다 똑같다
가진 것 못 가진 거
두 손에 쥔 것 없는 빈손 되어
두 손 펴고 모여서 죽는다

공기 / 송근주

해수면의 닫혀있다 열린 곳
날개 달고 갈매기 되어 날아오르니
마중 나온 하늘이 반갑다고 천둥과 번개로
환영곡을 연주하며 노래한다

동무 된 하늘과 갈매기 된 수증기는
구름이 되고 하얗던 구름은 까맣게 까마귀가 되어
땅을 향해 굵은 물줄기를
폭포수인 양 내리붓기 시작했다

하늘 아래 땅을 물로 덮어 버리고
물안개를 불러내 공기가 되게 하더니
땅에 있는 산과 강과 바다에
돌아가 다시 물이 되었다

대한문인협회 / 송근주

만물은 변하는데
내가 변하지 않으면
준비를 하는 것이 아니니
배움은 변화를 준비한다

타들어 가는 목 마름이
공부하고 배우고 반복해서
몸이 스스로 알아가는
행동하는 마음으로 동행했다

자극을 준 아들이 있어 좋고
내가 실천하게 되어 좋고
나를 알아주는 시인을 만나 좋고
시인이 시인을 알아주니 좋다

나는 힘찬 목소리로 말하노니
나를 지지해 주고 응원해 주는
나를 시인으로 태어나게 한 곳
대한문인협회 사랑한다

그림을 보면 / 송근주

그림을 보면 시가 있는 그림을 보면 시화 (詩畵)
그림을 보면 그림에 시가 있는 그림 시화 (詩畵)
그림은 시로 쓰지 못하는 상징을 묘사하고
시는 그림을 그리지 못하는 상징을 의미한다
글은 그림이 되어 상상의 날개를 달고
그림은 시가 되어 상상의 날개를 단다

비행기를 타고
올 거라 알았던 그림이
구름을 따라서 오지 않기에 기다리고 있었다
배를 타고 바다를 건너
올거라 알았던 그림이
강으로 거슬러 오지 않기에 기다리고 있었다

도착한 그림은 야수로 보이기도 하고
아주 아주 착한 선인으로 보이기도 해서
눈에 보이는 그림이 글로 쓰여진 시로 보이고
눈에 보이는 글은 그림으로 그려진 그림이 되었다
시인은 작가가 되어 그림으로 묘사하고자 하고
화가는 화백이 되어 글로 써서 의미를 담으려 한다

시간 여행을 한다고 하고
시간은 과거 현재 미래라 의미를 약속한다
지나간 것은 되돌릴 수 없다
다시 찾으러 떠날 수도 없다
그림에는 보인다 과거 현재 미래가
현재라고 언제나 존재하는 현재가
멈쳐있는 그림은 미래를 희망한다

공간을 지배하는 평면의 점, 선, 면이
주어진 재질과 도구에 따라 움직이고 있는
상상의 공간을 지배하고 있다
점은 일 차원의 공간을 뛰쳐나오고
선은 이 차원의 공간으로 등장한다
면은 삼위일체를 이루고 사차원으로 떠날 차비를 한다

천사가 있는 하늘은
평화와 천국이 있으니
전나무 숲을 가로질러 가는
철새 떼의 본능적
삶의 여정을 해와 달과 별이
동행하는 하늘이 되었다

악마가 있는 하늘은
전쟁과 지옥이 있는
사탄의 이글거리는 얼굴이 되어
하늘을 분노로
노을 빛 가득하고 구름과 바람을
몰고 오는 하늘이 되었다

땅은 축복하고
땅이 은혜 주는
땅의 동식물들을 그린 그림은
땅에서 자유를 울부짖고
땅에서 평화로운 안식처 되어
땅에서 살아가는 그림이 된다

사람이 악마가 되었다
사탄인가? 인간인가?
세상 멸망 재촉하는
살아가고 살아남기 위한
무한 경쟁의 먹이 사슬의 균형을 파괴했다
돈, 권력, 명예 소유 욕은 그림에 그려졌다

물은 수증기 되어
구름에 숨어 수증기를 감추고 하늘에서 느리게 움직인다
물은 액체가 되어
계곡 따라가며 폭포가 되어 강으로 흘러가 바다와 만난다
물은 고체가 되어
고드름을 길게 늘어뜨린 얼굴 옆에 사람의 얼음을 그렸다

시간을 생명의 물로
그린 그림을 보면
물은 땅을 가슴으로 품고
물은 땅을 영혼으로 채우고 있다
가슴과 영혼이 만나서
생명 보존 물이 된다

공간을 숨 쉬는 공기로 채워진
그린 그림을 보면
공기는 살아있다는 존재를 무의식하고
공기는 살아간다는 가치를 의식한다
무의식과 의식이 만나서
존재 가치 공기 된다

시공간의 기록으로 남기려 하였다
하늘의 움직임이 그림으로 보인다
우주에 들어가는 문 천체로 그렸다
태양계라 이름 지어진 지구는
대기권 밖과 안의 자연현상을
그림에 그린다

땅의 역사 자연 풍경을 묘사한다
땅의 움직임이 그림으로 보인다
대자연의 순환을 사계절로 그렸다
봄 여름 가을 겨울이라는 사계절은
생명체의 탄생과 죽음을
그림에 그린다

사람이 만든 유적지를 그림은 표현하고 있었다
사람이 만든 구조물의 움직임이 그림으로 보인다
기둥이 하늘과 땅에 닿는 바벨 탑으로 그렸다
바벨 탑은 민족마다 다른 말을 쓰기에
말이 통하지 않아 무너지는 바벨 탑을
그림에 그린다

보지 못하는 것 보이지 않는 것 상상으로 그렸다
움직이지 않는 것 움직이는 것 묘사하여 그렸다
죽어있는 것 살아 숨 쉬는 것 사실적으로 그렸다
증오하지 않는 것 사랑하는 것 감정으로 그렸다
희로애락 사시사철 생로병사 대 우주의 질서를
화백은 화폭이라는 공간에 시간 여행을 그렸다

돌아왔다 / 송근주

태어나서 자라고 살다가
떠나갔다가
제사나 명절에 고향 땅
찾아왔다

몸, 마음의 안식처로
반겨주면서
따뜻이 반겼던 고향 땅
기다렸다

살아있고 살아서 왔다고
기뻐하면서
돌아오길 기다린 고향 땅
그대로다

숨 쉬지 않고 죽어있어도
슬퍼하면서
잠자리 깔아 준 고향 땅
죽어왔다

삶의 여백 / 송근주

세상 구경하러 빛을 따라와서
사람 아이 시간에 쫓겨 다니고
입체적인 공간의 삶을 살다가
시간과 함께 공간에 늙어갔어

내 몸은 내가 지켜야 하는 몸
몸이라는 육체를 가지고 있어
생명을 만드신 분의 분신 돼
모습 닮았으니 삶도 닮고 싶었어

몸에는 피도 나고 상처도 있어서
몸은 병마(病魔)와 싸워야만 했고
면역력은 떨어지고 약물은 내성 생기고
병든 삶 연명하려다 죽음 만나지

세상에 밝은 빛 보고 태어나서
시간과 함께 공간에 늙어가도
몸은 병들고 기력은 떨어져도
죽음 맞이해도 여백으로 남기지

시인 신향숙

|그리움 외 9편 |

시작 노트

무덥던 여름도 매미 소리와 함께 사라져 가고 있습니다. 한 공간에 같은 생각을 하고 같은 노래를 부르는 문우님들을 만나 참 행복했습니다.

바닷가 작은 마을 가난한 소녀는 늘 책과 벗하며 초등학교 때부터 글쓰기를 좋아했고 시인이 되고 싶었던 문학소녀는 이제 그 꿈을 이루어 가고 있는 듯합니다.

비 갠 하늘 고운 무지갯빛처럼 멋진 황혼의 빛이 되어 독자들과 소통이 되며 희망과 위로가 되는 아름다운 글을 쓰고 싶습니다.

시인의 꿈을 이룰 수 있도록 용기와 가르침을 주신 대한문인협회 이사장님과 부이사장님 이하 모든 교수님께 감사의 말씀을 드립니다.

그리움 / 신향숙

아카시아 향기
설레게 하던 봄도
산허리 오동나무 연보라 꽃도
내 마음속 여백을 채우지 못하고

간다는 말도 없이
갑자기 떠난 사랑하는
너를 붙잡지 못한 한으로
시간이 갈수록 가슴앓이만 더한다

남은 우리는 그대로인데
떠난 너를 애타게 불러봐도
돌아오는 건 허무한 메아리뿐
가슴속 깊은 골에 갇힌 너

완두콩밭 끝자락
작은 터 아담한 농막에
보고 싶은 너를 내 마음속 여백에
한가득히 채운다.

비상 / 신향숙

너와의 아름다운 이별을 위해
무지개 뜨는 날에도
달무리 고운 독야에도
수많은 별을 헤고 또 헤었다

소나무 아래 하늬바람 벗 삼아
빨강 주머니 금가락지 채우려
비와 벗하고 태풍과 열애를 했다

나의 희망의 등대도 되어 주었고
나리 고목 아래 기쁨도 되어 주었다

동거가 시작된 후
나는 너를 떠나 비상하려고
별난 노력을 다해보았다

밤새 울어대는 부엉이처럼
별빛 흘러 모인 은하수처럼
무던히도 너는 나를 짝사랑하였다

날개야 커져라 멀리 날아갈 수 있도록
포기하지 않고 꿈을 이룬 나는 이제
잔잔한 호수 속으로 너를 보낸다.

홀로 핀 꽃 / 신향숙

달안개 쏟아지는 밤의 모습
홀로 피어 달 보드레
아름다운 꽃 그 이름은 그리운
나의 어머니

허리가 휘어지도록
머리숱에 길이 나도록
광주리이고 다니신
가여운 여인

낮에는 돈을 버느라
검정 고무신 불타고
밤을 낮 삼아
밭이랑 부여잡은 서럽던 손

일찍 홀로된 할미꽃 다솜
은가비 고운 빛나는 별빛
실타래 삼아
고운 나들잇벌 지어 드렸으면
얼마나 좋았을까.

* 광주리 : 밑이 둥그런 대나무 등으로 만든 그릇
* 달안개 : 달밤에 피어오르는 안개
* 달보드레 : 달달하고 부드럽다
* 은가비 : 은은한 가운데 빛을 발하리라
* 다솜 : 애틋한 사랑의 옛말
* 나들잇벌 : 나들이할 때 입는 외출복

빛 속의 하루 / 신향숙

현란하게 움직이는
불의 향연이 시작되고
용접봉을 잡은 세심한 손길이
목표물을 향해 춤을 춘다

좁은 미로에 거울을 벗 삼아
거미처럼 땅에, 벽에
몸을 맡긴다

은하수 같은 빛줄기 속에는
고운 여인의 미소와
주름진 부모님의 모습과
아이들의 재롱도 함께 있다

멋진 셔츠 위에
땀에 젖은 빛줄기가 쏟아져
송송 삶의 무게를 담는다.

환희 / 신향숙

태양이 붉게 타오르면
내 청춘 해 아래 숨죽이고
기러기 새 소식 전하려
힘차게 날아오르네

수많은 사연 가슴에 품은
많은 영의 속삭임 속에
험한 산길 걸어도
힘들지 않았던 추억도 있네

하나의 작은 불씨로 얼음산을
녹이려 온몸을 불사르던
나의 젊은 날 들이여!
하나의 등대 되어 바다 위에 서 있네

지난날의 고뇌 아침햇살 되어
청천의 떠 있는 길조와 같이
다시 활인이 되어
멋진 환희의 노을을 노래하려 하네.

아직 살아있다 / 신향숙

긴 터널 속같이 어둡기만 했고
막막했던 인생의 뒤안길
그래도 꿈이 있어 행복했다

처절한 생존경쟁
연탄난로 피워놓고
헐벗은 인생들과
정성을 다해 지켜낸 세월은
너와 나의 삶이었다

자존감은 사라져 갔지만
반짝이는 별빛과 찾아온 새벽은
지난날의 이야기를 들려준다

버려야 할 것과 잊어야 할 것은
인생을 굽어보며
아직 살아있음을 말해주고
감추어진 지난 삶을 회상하라 말한다.

결혼 선물 / 신향숙

겨울 찬 서리 매섭던 날
내 곁을 떠난 초롱이는
숲속을 지나 그 여인의 품에서
행복했을까

똑딱똑딱 잠결에도
들리는 듯 그리운 소리
내 사랑을 가져간
싸늘한 달빛 같은 여인아

그러지 말지
세월 지나도 가슴에 남아있는
벽에 걸려있었던
까만 눈동자

가락동 시장에 굴 팔러 간
용 이는 간데없고
결혼 선물 초롱이만
싸늘한 달빛 따라 사라졌구나.

옛이야기 / 신향숙

어느 곳에서 시작됐을까?
지평선 아래 고이 숨어있다
장맛비 친구 삼아 볏단 싣고 파도는 찾아왔다

조개들의 밀어와 소라들의 소곤거림
바다는 온통
하얀 물거품이 되었다

해당화 곱게 피워 열매를 맺게 하고
부엌 아궁이 나뭇간까지
황발게 실어 날라온 파도

보름달 뜨면 만조는 둑을 넘어
넘실넘실 자유를 갈망하듯
쉼 없이 하얀 물보라를 일으킨다

바위를 쓸어안고
석산의 돌 틈에 쉬어가려고
갈매기 벗 삼아 지친 행보 잠시 내려놓는다.

봄빛 / 신향숙

이슬비는 이른 아침부터
나를 따라오고
차창 밖의 연둣빛도 나를 따른다

어떤 모습으로 나를 반길까
어떤 마음으로 임을 대할까

설렘은 뭉게구름 이루고
가슴은 콩닥콩닥 뛰며
황홀한 분홍빛 봄을 꿈꾼다

멋진 샹들리에 봄빛 아래서
아름다운 미래를 그린다.

보리밭 / 신향숙

보리밭 이랑 보일 듯 말 듯
하모니카 소리만 애잔하게
왕 소나무 아래 밭 사이로 흐른다

고운 황금빛 뽐내며 추수를 기다리는
여문 세월 앞에 나의 청춘은 거기 머물러
애원하며 기다리던 너를 반긴다

홍하의 골짜기를 불어주던
아련함이 고향의 향기 되어
아름다운 추억으로 되살아난다

세월은 흘러 옛날을 노래하지만
짙붉게 물든 노을이 아름다운
내 고향 송악은 언제나 그리움이다.

시인 **심선애**

|빈터 외 9편|

시작 노트

맑은 심성을 지닌 동기 시인님들과 함께한 지난 시간은 바쁜 일상에서 마주한 즐거운 나들이였습니다.

글을 완성해 가는 과정이 힘들 때도 있지만 시와 함께하는 삶은 언제나 기쁘고 행복합니다.

자연과 인간이 조화롭게 소통하는 글을 통해 독자에게 다가가는 시인을 꿈꾸며 풀 한 포기도 다정하게 바라보던 시간이었습니다.

스승님들의 가르침과 격려로 심은 씨앗은 키 큰 나무처럼 무성한 시향이 은은할 것입니다. 존경하는 스승님들께 감사드리며 11기 동기님들의 멋진 앞날을 응원합니다.

빈터 / 심선애

장미가 궁극의 아름다움으로
담장을 장식하는 오월
흰 수건의 어머니가
남새밭 일구고 계신다

강마른 손에 묻은 흙을 보니
시든 카네이션처럼 마음이
핼쑥하다

바쁜 일상으로 잊고 살다
삶에 지쳐 달려가면
푸른 잎 사이 흰 꽃으로 피었다가
고단한 가슴 토닥이신다

겨를이 없다는 핑계를 접고
내 마음 밭 빈터에
어머니를 향한 사랑을 채운다

품앗이 / 심선애

총천연색 빛깔로 옷을 지어 입고
깊게 잠든 산야가 새벽이슬에 뒤척이면
머리에 화관을 쓴 왕골 논에 전등불이 환했다

아침 햇살이 왕골 위로 나붓이 앉으면
겉피를 벗기고 볕에 말려
돗자리를 만들면 매끈한 감촉에
기쁨이 찾아들었다

일손을 돕던 아이들은
수수께끼 끝말잇기로 지루함을 달래고
쉼 없이 고갯짓하는 낡은 선풍기와
먼지 낀 카세트에서 흐르는 음표는
왕골 위에서 줄넘기를 했다

밥 익는 냄새가 덜그럭거리고
너나들이 이웃의 정성으로 담아낸 점심은
고량진미와 견줄 수 없이 맛깔났다

여름이 다가오면
아버지의 흙 묻은 바지 위에 내리는 햇살
고샅길 가득 왕골을 말리던 기억이
무성한 풀 향에 실려 아슴아슴 피어난다

추억 상자 / 심선애

분홍 저고리 곱게 입은 진달래와
어깨동무하며 활짝 웃는다
렌즈에 담아 가까이 당기면
바라보는 눈길에 설렘이 스친다

사랑하는 이들과 떠난 여행에서
자연이 그린 멋진 작품을 볼 때마다
소중히 간직하고 싶은 마음으로
너를 찾는다

우연히 만나 첫눈에 반한 꽃님도
다시 만날 날 기약하며 셔터를 누르면
예쁜 미소로 화답한다

해마다 봄이 오면
서랍장 안 빛바랜 아버지 사진을 보며
그리움 달래듯
너를 통해 행복의 추억 저장하고 꺼내 본다

휴식 / 심선애

화려하게 타올랐던 지난날을
푸른 물결에 실어 보내며
오랜 여정에 지친 어깨를 접는다

미결로 남은 사념들이
거친 파도에 부서지면
가슴은 인적 없는 해변처럼
호젓하겠지

뜨거운 열정으로 그을린 마음에
하얗게 새살이 돋으면
깊은 숲을 나는 새가 되어
자유롭게 날고 싶다

선물 / 심선애

고등학교에 입학한 기념으로
시계를 사주신 아버지 얼굴에
햇살이 한 줌 내려와 밝게 웃었다

칠판에 걸린 주판 앞에서 셈하는 것을 보고
"시계가 참 멋지구나"
선생님 말씀에 두 볼이 화끈거렸다

학교 갈 때면 손목에서 빛나던
아버지의 선물이
아침 이슬처럼 사라졌을 때
아쉬움보다 컸던 죄송함에
찔끔 눈물이 났다

가끔 손목시계를 보면
무뚝뚝한 아버지가
엷은 미소로 건네시던 시계 생각에
안개처럼 아련해진다

파도 / 심선애

무슨 사연이 있기에
넓은 어깨를 불꽃처럼 너울거리며
포효하는 것일까

밑바닥에 침잠되어 있던
시퍼런 가슴이 하얗게 떠올라
고요한 수평선에 파문이 인다

끝없이 오가는 여정에
굴곡진 사유가 요동치면
하늘을 나는 갈매기가 맴을 돌며
위무한다

아픈 기억은 파도에 실어
먼바다로 보내고
윤슬에 빛나는 옥 같은 얼굴로
희망의 소식을 안고 올
푸른 물결을 기다린다

위안이 되는 삶 / 심선애

여린 민초들이 모여 어둠에 맞서니
검푸른 바다처럼 짙게 깔린 밤이
먼발치에 서서 주위를 서성거린다

창틈을 비집고 숨어든 바람에
사정없이 흔들거려도 넘어지지 않고
거친 숨 토해내며 붉게 타오른다

진심으로 전하는 따뜻한 마음
퍼렇게 멍든 가슴에 숨죽인 눈물
설핏 스치면 두 손 모아 빈다

한 몸 기꺼이 태우며 걷는 여정
민초들의 흐르는 눈물 닦아주고
가만히 안아주며 위안이 되고 싶다

비 갠 날의 단상 / 심선애

초로의 노인이 강둑에 앉아
물이 불어 건널 수 없는 돌다리를
무심한 눈길로 하염없이 바라본다

엊그제 내린 비에 강 한가운데는
물줄기가 쿨럭이며 돌다리 위로
끝없이 넘실거린다

잠자리 날갯짓 따라 수위가 잦아들고
넓적한 돌은 파랗게 이끼가 낀 옷을
가장자리부터 햇살에 널어 말린다

불어난 장맛비가 애꿎은 돌을
부술 듯 퍼붓던 날
붙들었던 삶의 끈을 놓고
속절없이 사라졌을까 걱정했는데

쉼 없이 다가오는 물결을
한결같이 맞이하는 모습이
세파에 시달리며 가족을 지키는
가장의 든든한 어깨를 닮았다

허우룩하다 / 심선애

아이들의 떠들썩한 목소리가
울타리 위로 찰랑이던 골목길에
뜨거운 여름 해가 홀로 떠돈다

옛집 오래뜰에 봉숭아가
목마른 입술 떨구는 한낮
기척이 스러진 바깥채 디딤돌이
할아버지 헛기침 소리를 흉내 내며
말을 건다

뒷밭에는 아버지가 심어놓고 가신
감나무가 지난날을 셈하며
도담한 풀빛 열매를 매달고
오는 가을을 기다린다

해찬솔 골개물은 늘 그대로인데
그리운 얼굴들이 아득해져 가고
늙으신 어머니 홀로 여위어 가는 집을
애면글면 붙들고 계신다

* 허우룩하다 : 마음이 텅 빈 것같이 허전하고 서운하다
* 해찬솔 : 햇빛이 가득 찬 푸르른 소나무
* 골개물 : 산골짜기로 흐르는 강이나 개울의 물
* 애면글면 : 힘겨운 일을 이루려고 애쓰는 모양
* 오래뜰 : 대문 앞의 뜰
* 도담하다 : 야무지고 탐스럽다

102

여름에 핀 사랑 / 심선애

지난 장마로 생채기 난 가슴은
더위에 지친 바람이 쉬어가는 담장 위에
붉은빛으로 맺혔다

가냘픈 몸이 뜨거운 볕살에도
상긋한 미소 띄워 보내면
코끝으로 향기를 만진다

태풍이 데려온 빗물 머금은 말간 얼굴이
화려하게 꽃등을 켤 때면
바라만 봐도 눈부시다

만물이 그늘을 기웃거리는 여름
선홍빛 장미가 고운 웃음을 터트리는 자태에
더위에 지친 마음이 밝아온다.

시인 **심성옥**

| 빈손 외 9편 |

시작 노트
새파란 자연의 섭리와 맑은 물길의 진리와
꽃과 나비가 나풀대는 시를 쓰며 인생의 진로를 찾아서
폭염 속에서도 수없이 뛰어왔던 세월
삶의 무게는 힘들었지만
내 마음속에는 자연의 친구가 좋았습니다
행복을 위해서 많은 것을 참아내는 인내를 두드리며 살아왔습니다
아팠던 기억은 행복의 꽃으로 피어 가겠습니다

빈손 / 심성옥

사랑으로 꽁꽁 묶여
두 손 꼭 쥐고 태어난
세상이 별처럼 눈이 부시다
손안에는 아무것도 없었다

빈손에 꿈을 안고
사랑으로 꿈틀대는
용기와 힘이 나를
험한 세상에 맞서게 한다

밤하늘 휘영청 밝은 달에
마음을 달아두고
별을 세어 가며 너와 이야기할 때
나는 깨달았다

달과 더불어 사는 삶이
세상에 맞서 양껏 채우기보다는
가진 것을 베풀며 비울 때
더 행복하다는 것을

그리운 내 고향 / 심성옥

우리 집 앞 작은 도랑에는
물길이 하늘을 오르는 용처럼
힘차게 꿈틀거리며 흐르고 있었다

두렁길에서 바라본 자연과 학교는
동화 속 그림처럼 아름답고
들에서 일하는 농부의 노랫소리가
해맑은 햇살처럼 흥겹게 흩어진다

마을 사람들의 모심기 두레로
무논에 심은 모가 바람에 나부끼고
맛있는 팥죽과 감자 달큼하게 조려서
새참으로 내오신 어머니

꼬마 친구들은 하굣길에
새참 시간에 마주쳐
팥죽 한 그릇 얻어 맛있게
네 입 내 입하며 먹던 맛은
지금도 그리운 고향의 맛

여름비와 제비 / 심성옥

비가 오면 제비도 비행하며
모든 것이 신나게 찰랑댄다
제비꽃도 마른 목을 축이며
비바람에 살랑살랑 춤춘다

처마 밑에 자리한 제비 부부는
힘찬 날갯짓으로 비행하며
비에 젖은 거미줄에 걸린 먹잇감
입에 물고 제집으로 들락날락한다

제비의 지지배배 노랫소리가
후드득후드득 빗소리와 어울리고
애호박 하나 따서 전을 부칠 때
지글지글 익어가는 소리가 정겹다

고마운 친구 / 심성옥

언제 어디서나 영리한 빛의 친구
우리는 항시 함께하였다
눈이 아주 밝은 그는
내가 원하는 곳에 함께한다

모든 사물 옮기는 건 일도 아니다
내가 못 하는 것을
힘도 안 들이면서 너무나 멋지게 그대로
척척 옮겨 놓는다

말 없는 눈빛으로 윙크 한 번에
영원한 미소를 담아 주고
꽃, 별, 나무, 빌딩, 숲 풍경을
변하지 않게 남겨주는 고마운 친구

내가 못 하는 일을 다해 주지만
미안하지 않은 것은
네 안에 담긴 내 모습 속에
내 마음도 가져갔기 때문이다

세월 속으로 / 심성옥

하루를 선도하는
고요한 밤 재깍 재깍
같은 방향을 향하여
돌고 돌아간다

도도하게 멈출 시간 없이
바쁜 세상 똑바로 간다
항상 그곳을 돌아 제자리
실수 한 번 없구나

생각과 감정을 불어 넣어
눈 맞춤도 하고
입 맞춤도 한다
항상 변함없는 모습으로
그날을 기억한다

한결같이 비단같이
한 세상같이한 네가
나를 향한 초침은
살아 숨 쉬듯 호흡한다

강물에 띄운 배도
곡선에선 쉬어가며 흘러
흘러가는데
잠깐 쉬어가면 어떠랴
이 순간도 시간 속으로 묻혀
가는 세월아

보리가 익어갈 때 / 심성옥

가난은 시냇가에 흐르고
모래와 작은 돌멩이
배가 고픈지 햇빛을 먹는다

물 깊은 돌 틈 사이
고기는 동그란 눈을 뜬 채
꼬리로 노를 젓는다

빈속 채우려는 생각에
잡으려는 마음 바빠 오면
허기진 꼬르륵 소리 물을 마신다

익어가는 보리밭에
쓰러질 듯 파도가 일렁일 때면
물고기로 배 채웠던 생각뿐

굶주림은 물처럼 흘러갔어도
머리에는 물고기만 뛰논다.

시련의 날은 가고 / 심성옥

거센 눈보라에도 해는 뜨고
하늘은 오묘하게 푸르렀다

바람이 불고 구름이 이사 가는데
너의 연약함은 꺼질세라
존재감을 그리며 지켜 간다

지구가 흔들려도
내 맘에 불은 작은 모습이지만
넓은 세상 거울 속으로
구름에 실어 떠나보낸다

너의 호수 같은 마음은
불꽃을 이루며 깊은 소망
애태워 쓰라림도 없다

현실은 떠나간 구름 같아
마음에서 일어나는 불꽃의
두려움은 멀리 사라졌다.

아버지와 자전거 / 심성옥

해가 져서 어둑한 밤
우리 집 마당은 달빛으로
환하게 가득 찼다

큰 바퀴 두 개 달린 자전거
내 앞에 세우고 달을 등불 삼아
손잡이 잡고 올라앉았다

내 발은 페달에 얹혀
겁도 없이 달 따라 달렸고
내 뒤에서 호탕하게 웃으시며
용기 주던 당신 생각에
오늘도 삶의 뒤안길을 돌아 본다

혼자 타는 방법을 알고서
산책길에서 꽃도 만나고
가로수 길도 하염없이 달려대던
그 순간들 희미하게 비친다

아버지 사랑이 머물고 있는
넓은 마당 곳곳에 설렌 마음으로
그 시절로 되돌아가
그리움에 젖어봅니다.

다소니 / 심성옥

예쁜 딸처럼 온새미로 꽃을
내리사랑만큼이나
다솜을 주신 아버지 곁에 심을
소나무 한 그루 골랐습니다

꽃집에서부터 가랑비 내리고
빨리 만나고 싶음에 들뜬 마음은
몸보다 앞서 달려갑니다

그 옛날 아버지의 모습은
구름 흘러가는 곳에서
아득한 바람길 따라
콧노래 부르며 즐겁게 사셨습니다

그린내 울 엄마 떠돌이 별이 되어
파릇한 잔디밭 앞뜰에서
보랏빛 제비꽃 얼굴로
눈시울 촉촉이 적시게 합니다

아버지께서 사랑하신 어머니는
보랏빛 제비꽃으로 피어
흰 나비와 지저귀는 새들과
노래하며 숲을 이루었나 봅니다.

* 다소니 : 사랑하는 사람
* 온새미로 : 언제나 변함없이
* 다솜 : 사랑
* 가랑비 : 조금씩 내리는 비
* 그린내 : 사랑하는 사이

행복의 꽃 / 심성옥

바람에 흔들리는 비단 숨결처럼
어여쁘게 생글생글 웃고 있는 너는
나에게 행복을 가져다주며 가슴을 부풀게 한다

그렇게 환하게 웃어주고
기쁨을 주는 너는
피어나는 빨간 장미보다 더 예쁘다

멋진 가슴을 가진 해 맑은 나의 분신
어느새 청년이 되어
꿈의 나래를 펼치는 열정이
장미의 진한 향기처럼 가슴 깊이 전해온다

삶에 부딪히면서
가끔은 가시에 찔리는 고통도 따르지만
멈추지 않고 당당하게 살아가는 네 모습이
활짝 핀 장미꽃처럼 아름답고 사랑스럽다.

시인 **염경희**

|하얀 제비꽃 외 9편 |

시작 노트
봄나물로 차려낸
향기 가득한 밥상처럼
언제나 여운이 남는 시를 짓고 싶다

짧은 시 한 자락이
누군가에게 희망이 되고
사랑의 씨앗이 되어 열매를 맺는다면
이생을 다하는 날까지 펜을 놓지 않으리.

하얀 제비꽃 / 염경희

하얀 꽃들의 가녀린 몸짓은 마치
작은 나비들이 춤을 추는 것 같아
발길을 뗄 수가 없다

바람이 불어올 때마다
코끝에 전해오는 향기는
눈 오는 날 마시는 차처럼 향긋하다

햇살 가득한 꽃밭에 앉아
나비 닮은 꽃잎과 입맞춤도 하며
행복을 나누는 시간이다

첫사랑을 만난 설렘으로
가슴 깊이 다가온 그 꽃의 이름은
하얀 제비꽃이었다.

여행길에 만난 소나기 / 염경희

세 번째 스무 살을 보내는 날
낮에 떠돌던 구름이
갑작스레 울고 있다

어스름이 깔린 가로등 밑에 앉아
남한강에 피어난 물안개 바라보며
사랑 한잔에 추억을 풀어 마신다

푸르름에 물든 나뭇잎 사이로 비추는
노을빛 햇살이 유난히도 곱고
소나기에 젖어 빛나는 나무와 꽃들처럼
그대와의 사랑은 물안개처럼 피어난다

이만큼 살아오면서 겪은 시련들을
충주호에 가라앉은 달빛에 풀어놓고
여행길을 동반한 소나기가 씻어 준 마음은
온통 행복으로 채워진다

외눈 / 염경희

앨범을 한 장 한 장 넘기며
너의 발자취를 좇아가니
네 눈을 바라보며 쌓은 추억들이
수없이 숨 쉬고 있다

네 눈은
무궁무진한 기술을 가진
초능력이 있었나 보다

네 앞에서는
남녀노소 누구나 할 것 없이
바보스러운 사랑꾼이 된다

찰칵찰칵 소리가 날 때마다
너와 눈 맞춤했던 순간들이
평생 간직할 보물이 되고
세월이 흘러도 늙지 않는다

어쩌면 엄마 눈을 닮아
마음마저 읽어주고
외눈인 줄 알았는데
너는 천개(遷改)의 눈을 가졌다

정도(程度)의 공간 / 염경희

저장 공간이 몸살을 앓아
언어들의 발길질이 치밀어 오른다

넓은 하늘 향해
들이마시고 내쉬는 찰나

복식호흡에 막혔던 숨통이 트이고
잡념은 새처럼 훨훨 날아간다

불순한 생각들을
뿌리까지 솎아 내면

새벽 여명이 밝아오듯 개운하고
가슴속에 푸른 희망이 넘실거린다

김치 수제비 / 염경희

모처럼 떠난 여행길에
때아닌 장맛비가 내린다

양철 지붕을 흔드는 빗소리에
어릴 적 고향 안마당에 멍석 깔고
신김치 넣어 끓여 먹던
김치 수제비가 아른거린다

끼니가 되면 부뚜막에 앉아
꾸역꾸역 내뱉는 연기에
눈물 콧물 섞어 만들어 준
엄마의 수제비를 먹고 싶은 밤이다

시원스럽게 내리는 빗줄기에
아득했던 고향의 추억은 어느새
이부자리에 누워 소곤거리고
무거운 눈꺼풀은 스르륵 감긴다.

나이 듦의 지혜 / 염경희

분명.
생활 습관 탓은 아닐 텐데
새벽 세시 삼십분이면 어둠과 아침 인사를 한다

하루가 고되면 더 갭직해지는 눈망울을
시원한 소맥(燒麥)으로 마취시킬 때도 있지만
늘 그 시간이면 눈이 떠진다

새싹들이야 일찍 자고 일찍 일어나야
성장호르몬이 분비되어 쑥쑥 큰다지만
더 자랄 나이도 아닌데 왜일까

나이 들면 초저녁에 구들목이 그립고
첫닭 울음소리에 들판으로 나간다더니
아마도 나이 들어가나 보다

평생 새벽이슬 맞고 달려온 삶
터 귀신은 언감생심이고
황혼은 늘 새벽 여명과 함께하고 싶다

장미의 속내 / 염경희

가만히 있어도
관객이 몰려드는 네가 부러워
한때는 너를 닮고 싶었다

오월만 되면 명성이 자자하고
요염하게 교태를 부리면
너의 앞에선 누구나 바보가 된다

앙다문 붉은 입술에 매료되어
살짝 입맞춤이라도 하려 하면
손톱을 세워 밀어내는 새침데기

아무리 갖고 싶어도
함부로 꺾지 말라는 교훈인 걸
장미의 깊은 속내를 알기나 할까

내리사랑 / 염경희

나지막한 불경에
합장하고 머리 조아린다
굽은 허리에 찔뚝거리며 촛불 밝히고
삼배하는 모습이 눈물겹다

꼬깃꼬깃한 쌈짓돈 곱게 펴 불전으로 바치고
망가진 몸 바닥에 낮추어
주름진 볼우물을 눈물로 채우며
자식 손자들 안위를 빈다

가녀린 불꽃임에도 불구하고
심지를 태우고 넘치는 촛농은
한 살매 내리사랑이 쌓은 공든 탑 같아
뭉클해진 내심은 이슬 되어 흐른다

* 불전 : 부처 앞에 바치는 돈
* 한 살매 : (순우리말) 목숨이 다할 때까지의 동안, 평생

만학으로 채운 행복 / 염경희

배고픔보다 더
참을 수 없는 고통은
배움을 접어야 하는 일이다

날품팔이로 생계를 잇는 처지에
가방 메고 나섰던 뱃속은 눈물로 채우고
어머니의 한숨은 치맛자락을 적셨다

배고픔도 허한 마음도
가방끈을 잘라 아궁이에 넣으면
연기처럼 사라질 줄 알았다

칠보단장하고 허세 떠는 순간마다
평생 옹이가 된 가방은 잊히지 않고
늘 속은 허하고 고팠다

꿈과 의지를 밥 삼아 먹으며
만학으로 찾은 가방이
헛헛했던 마음에 행복을 채워준다

소녀의 꿈 / 염경희

이른 결혼에
소녀 시절을 망각하고 살다 보니
사시사철 피고 지는 꽃의 향기도 외면했다

삶이 버거워서
주저앉고 싶을 때도 많았지만
마음만은 늘 풋사과처럼 풋풋했다

특출나게 미인은 아니어도
나름 소담스러운 데가 있어
복덩이라는 예명으로 사랑받았다

지나온 세월 긴 터널을 들여다보면
우여곡절이 참 많았지만
희로애락은 시를 짓는 씨앗이 되어
이 순간을 웃게 해주는 밑거름이 되었다

붉은빛 노을이 서산 중턱을 넘실거릴 무렵
타이타닉의 주인공을 꿈꾸며 크루즈에 오르는 날
핑크빛 드레스 자락 휘날리며
삶의 아픈 흔적 태평양 바다에 풀어내고
꿈에 그리던 소녀 시절로 돌아가리라

시인 **전경자**

|사모곡 외 9편|

시작 노트

굴곡진 삶이 평범하게 느껴지는 정다운 울타리 안에 신선하게 다가온 문예 대학 11기 동기생의 생각 주머니가 백만 송이 장미꽃으로 피었다

배움이란 나를 지키고 나를 만들어 가는 가장 멋스러운 지금이, 순간 행복했던 시간에 태어난 작품들

시처럼 꽃처럼 작품으로 남겨지고 교수님들의 수고에 의한 소통은 솟아나는 지혜의 샘이면서 나와 너 우리가 만들어 낸 열정은 은혜의 선물이었다

한사람 두 사람 동기생들이 함께하면서 함박웃음 웃었고 글로써 인생을 논하고 기록하고 기억하면서 끝까지 따라와 준 동기들의 노력과 미소와 사랑이 화사한 꽃으로 피었다.

126

사모곡 / 전경자

이하 여백

어머님 당신은 이름 석 자 뒤에
이하 여백이라는 마지막 마침표를
남겨놓고 내 곁을 떠나셨습니다

복잡한 내면의 상처 여백을 채우지 못 한 채
당신이 없는 빈자리에
하얀 카네이션을 바칩니다

보이지 않는 당신의 속삭임
귓전에 맴도는 어머니의 체취를 찾아
마지막 인사를 고합니다

어머니 이 세상에 태어나게 해줘서 고맙습니다
어머니 당신을 사랑했습니다
어머니 감사합니다.

빈 둥지 / 전경자

흑백 속의 일곱 송이 민들레꽃 홀씨 되어
각기 다른 환경에서 자라서 일가를 이루고
혼자가 둘이 되고 셋이 되고 네 잎 클로버가 되었다

눈물 속에 흩어져 버린 실낱같은 시간을
외톨이로 보내야 하는 걸음을 이제야 조금 알 것 같다
홀로서기 하려는 자 어디서 무엇을 하든 스치고 간다

품에 안은 사랑 꽃피는 지금, 이 순간
멈춰버린 찰나에 그댈 보내는 게
괜찮지만 괜찮지 않다.

숨결을 고르는 철새
갚을 것도 받을 것도 많은데
다시 만날 수 없는 나는 멍청이다.

기억의 강 / 전경자

똑딱, 똑딱 거꾸로 가는
생체 리듬에 맞추어
몸은 늙어가지만

지나온 세월 거슬러
기억의 강에서 되돌린 삶이
내 심장을 뛰게 한다

삶이 쌓여갈수록
채워지지 않는 허전함은
젊음에 대한 애착 때문일까?

고향 집에 걸린 괘종시계
힘들게 그네를 타면
식구들은 밥을 주어 다시 춤추게 했다

이젠 추억이 되고
흐느적거리는 시계추는
내 심장에 맞추어 서서히 흔들린다.

바닷가에서 / 전경자

비지땀 흐르는 여름이 오면
하얀 파도가 부르는
바닷가로 단장하고 달려간다

챙이 넓은 밀짚모자를 쓰고
수영복 샌들 긴 타올을 챙기고
완행열차를 타고 동해로 달려간다

바닷가에서 누군가 통기타를 치면
합창 소리로 침묵은 깨어지지만

파도가 부르는 노래에 이끌리어
파도처럼 밀려왔다 밀려가는
나의 고단한 삶이
하얗게 부서지는 물보라 속으로 여행한다.

연탄 한 장 / 전경자

채워도 채워지지 않던 허기진 배고픔은
물지게를 진 등과 발걸음을 무겁게 했고
좁은 골목길을 비틀비틀 걷다 보면
어느새 물은 반으로 줄어있었다

손에는 시래기죽을 끓일 한 홉의 쌀이 들렸고
춥고 까만 밤을 따듯하게 데워 주던 연탄 한 장에
온 가족이 둥글게 앉아 죽을 먹어도
행복했던 시절이 있었다

변변치 못한 살림살이에 꿈조차 꾸지 못했고
기와집 대청마루는 언제나 동경의 대상이었으며
잘 차려진 밥상을 바라보는 눈빛에는
슬픔을 담아야만 했다

배고팠던 지난날의 보릿고개
세월의 강을 건너 품어 안은 삶
가난했지만 행복했던 기억이
마음을 스치고 지나간다

바람 / 전경자

희망의 촛불을 켜놓고 혼신을 다해
기도하는 어미의 간절한 소망을 담은
하루는 긴 시간이었다

꿈을 꾸며 기다릴 때
젖은 눈물로 태우던 촛불의 불빛도
하루의 운명이 천년은 묵은 것 같다

침묵할 수밖에 없었던 소중한 시간
숨이 막힐 듯한 두려움과 고통 속에서도
너를 위한 간절한 마음은 한 줄기 빛이었다

추억은 눈을 감아도 가슴에 남아
전설처럼 나를 기억하고
내일이 오는 길목에서 너를 초대하여
국화꽃 향기를 마신다

설빔의 추억 / 전경자

어린 시절의 명절 풍경이
빛바랜 한 장의 사진처럼
흐린 기억 속에서 되살아난다

명절이 되면 어머니는
늘 새 옷을 사 주셨고
반들반들하도록 콧물을 닦던
어린 시절의 옷소매가 그립다

설빔은 금세 무릎이 툭 튀어나왔고
유난히 키가 커서 슬펐던 아이는
짧아진 옷에 울보가 되었지만
친구들은 그런 나를 부러워했다

이제 설빔은
추억 속으로 시간 여행을 떠나고
모든 것들이 넘쳐나는 시대를 사는 나는
그날을 회상하며 웃는다

초원의 사랑 / 전경자

안경 너머 햇살이 부서지는 날 무작정 떠난 여행
흰 구름 스쳐 가는 철길 위 푸른 잎이 그늘을 빌려주는 여름
너울 파도 속에 춤추는 자와 유혹하는 자의
여유로운 삶의 현장이다

시원한 열차 창가는 시선을 가두는 고운 꽃길이다
마음을 숨기고 싶은 시간
어디선가 들려오는 초원의 사랑이 작고 희미하게 들려온다

귓전에 들려오는 순간 두 눈 꼭 감았다
가슴을 에던 못다 한 사랑
사랑은 아니었지만, 파노라마처럼 뇌리를 스치고 지나가는
햇살에 쏟아지는 숲길에 몸을 맡긴다

기억 속에 태워버린
그리움에 대한 반항도 허기진 사랑도
빨간 석양을 따라온 너의 공간 속에서 심장이 파르르 떨린다.

여름 / 전경자

여름이면 아버지께서는
귀하디귀한 수박 한 통과
새끼줄에 묶인 얼음 한 덩이를 사 오신다
찌그러진 양푼에 담긴
하얀 함박눈 얼음에 혜윰이다

얼음 띄운 수박
한 그릇씩 나누어 주시며
환하게 웃으시는 아버지
저분저분 하시던 아버지 앞에서
그릇에 담긴 수박이 더 작은 거 같다

그릇은 아홉인데
언제나 일곱 그릇 늘 간조롱 하다
딸들은 많이 담긴 큰 그릇 찾기 위해
얼굴에 낯꽃이 피었다

바닥에 앉아 허겁지겁 먹으면서도
안다미로 수박이 놓인 양푼 앞으로
든해 가 가득하다

* 혜윰 : 생각
* 간조롱 : 가지런
* 저분저분 : 성질이 부드럽고 찬찬하게
* 낯꽃 : 감정의 변화에 따라 얼굴에 드러나는 표시
* 안다미로 : 담은 것이 그릇에 넘치도록 많이. 넘치게

똑. 똑똑 / 전경자

매력적인 사랑의 붉은 장미도
추억을 일깨우는 노란 장미도
가시가 돋친 채 그늘은 있더라

밝은 모습 속에 그늘을 안고 살지만
어제도 오늘도 활짝 웃으며
머금은 향기에 취해 가만히 바라본다

장미에 취해 바라보니
문밖에서 첫사랑이 날 부른 듯
바람보다 내 마음이 앞서서 달려간다

세상에 쫓기듯 살아온 삶
불현듯 장미에 취해 첫사랑을 떠올린 지금
똑, 똑똑 다시 한번 사랑에 빠져보고 싶다

시인 정대수

|단짝 외 9편|

시작 노트

잠재우고 있던 마음에 작은 바람이 일어 시작한 글쓰기가 2020년 수필로 등단을 하고 3년이 지났다.

돌아보니 시간만 지난 것 같아 글쓰기를 다시 시작하는 각오로 문예대에 수강 신청을 하였다. 걱정을 앞세우고 좌충우돌 배우면서 시인으로 다시 등단하였고 어느덧 졸업을 앞두고 작품집을 준비하니 감회가 남다르다.

이제부터 일렁이는 강물에 편주를 내려 나의 글을 담아 띄워 보내려 한다.

김락호 이사장님과 문철호, 김선목, 박영애, 김혜정 교수님의 수고에 깊이 감사드립니다.

단짝 / 정대수

그를 만난 지 오래되었다.
멋모르고 만나 어색하고, 부담스럽고, 겁도 났지만
그가 이끄는 낯선 세계에 사로잡혀
매일 인사를 나누는 사이로 발전하였고
지금도 꿈같은 여행을 하고 있다

첫 만남부터 그에게 빠져든 나는
설레는 교감이 날로 신비로워
시간 가는 줄 몰랐고
언제부턴가 사랑하는 단짝이 되었다

인생은 만남과 이별의 연속이다.
여러 번의 위기 속에서도
그를 놓아줄 수 없었던 것은
나의 무료함을 달래주고
호기심도 채워주었기 때문이다

그와의 첫 만남은 큰 행운이었다.
나의 일상을 이야기보따리로 풀어내며
색다른 경험으로 가슴 뛰는 시간을 함께하면서
가족과 벗이 되어
지쳐가는 나를 일으키는 힘이 되고 있기에
나날이 문을 열고 그를 만나고 있다.

둘레길 / 정대수

작은 마을을 지나 산언저리를 돌아
큰길과 사잇길로 접어들면
자연과 사람이 공존하는 뜰인
정겨운 둘레길이 있다

사부작사부작 깨어나는 봄
일렁이는 여름
주렁주렁 엮어내는 가을
햇살 반가운 겨울
철 따라 넘실거리는 숲이 유혹하는
그 길 속으로 스미듯 빨려 들어간다

새소리, 물소리, 바람 소리 벗 삼아 걷다가
나무에 등을 기대고 앉아 하늘을 보니
바람을 타고 흐르는 구름 사이로
얼굴을 내민 햇살이 방긋 웃고 있다

빈틈없이 짜여진 틀 속에서
팽팽하게 맞서다가
생채기로 일그러진 상처는
둘레길을 걸으며
숲이 내어주는 맑은 향기로 순화되어
비어있던 내 마음에 평온이 찾아든다.

정 / 정대수

봇짐 하나 둘러메고
정든 곳을 떠나야 하는 나그네
올망졸망 따라나선 아이들 성화에
근심을 앞세우고
둥지를 찾아 먼 길 나선다

녹록지 않은 타향살이에
하늘 아래 정 둘 곳을 찾다가
칡넝쿨 엉클어진 언덕
바람 소리 스산한 대나무 숲
빗물 차오르는 오두막을 거치며
외진 모퉁이에 둥지를 틀었다

낯선 사람들과 낯선 땅에서
숫기 없고, 어설픈 나그네는
무엇을 해야 하나 막막한데
손을 내밀어 주는 이웃과 부대끼며
정이 들고, 용기를 얻어
애면글면 둥지를 지켰다

호롱불 타오르는 둥지에
애끓는 마음 내려놓고
고단한 밤이 지나 아침이 오면
담장 너머로 소박한 웃음 나누면서
정붙이고 살았던 삶의 여정에
마음에 쉼을 얻는다.

우산꽃 / 정대수

하늘에 먹구름 밀려와
어두운 그림자 드리우고
잔바람 살며시 땀을 식히더니
후드득 빗방울이 떨어진다

금세 굵어지는 빗줄기
시위를 떠난 화살처럼
끝도 없이 땅을 향해 곤두박질치며
빗물 따라 춤을 추는 나뭇잎 속으로
하나둘 우산꽃이 펼쳐진다

산이 좋고, 친구가 좋아
뜨거운 열기 식혀주는 산에 갔다가
길을 재촉하는 여름비에
향기로운 흙냄새 뒤로하고
우산꽃 알록달록 줄지어 산을 내려간다

갈한 아쉬움 달래고자
허름한 술집에 옹기종기 모여앉아
선풍기 바람에 젖은 옷 말리고
막걸리 한 잔으로 너스레를 떨며
웃음꽃 갈무리로 추억이 쌓여간다.

동거 / 정대수

앙증맞고 아담한 모양이 내 마음을 사로잡아
우연한 동거는 시작되었다

보고 또 보며
만지고 또 만지며 느껴지는 새로움과 즐거움
어디를 가든지
무엇을 하든지
항상 내 옆에 붙어 있게 되었다

공간을 밀고 끌어당겨 연출되는 마성의 세계에 이끌려
타들어 가는 목마름은 더욱 갈급해지고
구도를 따라 터지는 짧은 셔터 소리는
전율로 숨이 멎는 듯 가슴 뛰게 했다

가뭇없이 사라지는 피사체를 쫓다가
세월에 밀려 볼품 없어졌지만
그 흔적은 내 삶에 고스란히 남아 있다.

운명 / 정대수

어두운 골목길
가로등에 기대어 서 있는
너를 보게 된 것은 운명 같았다

보일 듯 말 듯 한
작은 모양이 초라해
길을 다니던 사람들도
너를 무시했나 보다

무거운 마음 달래기 위해 가던 길
발걸음을 돌리게 한 것은
찬 바람을 맞고 서 있는 너의 처지가
나와 흡사하여서다

소임을 다했음에도
이유도 모른 채 버려진 너와 마주한 순간
허전했던 벽이 채워지고
아무 일 없었다는 듯
분침과 시침 사이에 하루를 열고 닫는다.

순결 / 정대수

파도가 갯바위를 때리면
허공으로 날리는 포말은 바람을 타고
얼굴로 내려앉아 소금 가루를 만들고
처녀의 순결함을 혀끝으로 느끼게 했다

공허한 마음 한방에 날리던 파도
그 연연의 물길은
순수의 발목을 붙잡아
해거름을 잊은 채로 추억을 만들었다

파도 소리 여전하고 짠 내 변함없는 데
수평선 너머 이웃 나라의 오염된 물이
넘어온다는 소식에
몽돌을 굴리던 정겨운 파도는 점점 거세지고 있다

삶이 춤추는 바다
그 바다를 일으키던 청량한 파도가
숱한 시련으로 사나워지며 재앙으로 맞서는 것은
빼앗기는 순결에 대한 앙갚음일까

해가 수면으로 기울고
물결은 갯가를 어르는데
파도는 순결한 우리의 바다 지켜 나가길
갯바위에 부딪치며 일깨우고 있다.

장마 / 정대수

떠돌이 풍상에 신물이 나
눌러앉기로 마음먹고 구한 집
하늘과 맞닿은 곳을 가쁘게 올라
일곱 계단을 내려서면 턱까지 숨이 찬다

두꺼비가 바꿔줄 새집을 꿈꾸며
소소한 행복을 찾을 즈음 여름
장마의 시작을 알리는 빗방울이
창가 함석을 요란하게 두드린다

길어지는 빗줄기에 사방은 음습하고
메케한 냄새에 숨은 멎는데
벽을 타고 떨어지는 물소리는
내 마음을 주저앉게 만들었다

곳곳을 할퀴며 상처를 남겼던 장마는
해마다 가벼운 주머니를 털어갔고
밤을 지새우며 빗물을 받아냈던 지난한 날들이
장마가 시작되면 주마등처럼 스친다.

겨울나무 / 정대수

마른 잎 하나마저 떨구고
된바람에 내몰린 겨울나무
시린 살갗 비비며 삐걱대는 소리
적막한 산을 울린다

둔덕을 덮은 눈은
소리 없이 사방으로 흩날리고
날개를 펄럭이며 모여드는 새들은
나무에 앉아 호습게 시소를 탄다

선 자리에서 오롯이 외로움과 싸우는
겨울나무에 등을 기대고 서서
남쪽 하늘을 보노라면
가슴이 먹먹해진다

찾는 이 하나 없는 방에 갇혀
홀로 먼 길을 떠나신 어머니
효를 다하지 못한 아픔을 안고 구하는 용서에
찢겨진 등살을 내려다보며 겨울나무는 운다.

어머니의 손맛 / 정대수

고단한 하루를 마치고 찾아간 곳
미꾸라지 냄새 구수한 국밥집이다
끓는 뚝배기에 밥을 말아
입바람 불고 오지게 한입 먹으면
어머니의 모습이 시나브로 떠오른다

아픈 다리로 자국걸음 떼시며
해마다 이번이 마지막이라고 하면서도
큰 솥에 미꾸라지국을 안다미로 끓여 놓고
흩어졌던 아들 딸 그 아들에 딸들의 발자국 소리
이제나저제나 기다리셨던 어머니가 그리워진다

시래기 껍질을 하나하나 벗겨내며
날뛰는 미꾸라지와 힘겨루기를 하면서
해거름녘이 되어서야 한숨 돌리는 솥에는
어디에서도 맛볼 수 없는
어머니의 다솜이 끓고 있었다

복닥거리는 집에서 어머니의 손맛에 알땀 맺혀가며
밥 한 공기 게 눈 감추듯 먹어치우던 모습을
눈으로 드시며 살갑게 바라보시던 어머니에게
오늘 밤에는 꿈에서라도 잘 먹었습니다 말씀드리면
환하게 웃으실 모습이 눈에 선하다.

시인 정병윤

|낡은 구두 외 9편|

시작 노트
보랏빛 우는 소리에
밤새도록 타버린 속이
하얀 숲으로 물들었더란다
달 안에 젊은 날 이고 갈 때
바람의 가슴에 핀 꽃일 거야

낡은 구두 / 정병윤

발걸음을 옮길 때마다
태엽 감던 9년 9개월
해를 바꾸면서 걷고 있다

많이도 걸어서 절룩거렸던 다리
헛도는 시간이 찾아올 때마다
가죽만 남은 황소 울음이 들린다

발걸음 소리를 쓸었던 시간 뒤로
퉁퉁 부은 발을 벗는 밤
닳고 닳은 구멍 사이로 황소가 운다

소처럼 일한 삶
시간의 마디마다 엉킨 하루를 푸는데
내일 수선으로 빛날 아침놀을 기다린다

소리 없이 목을 뺀 아침
끊임없이 돌아가는 시곗바늘이
묵은 연가를 부른다.

솔향에 꿈이 자란다 / 정병윤

마음 반쪽에 키워온 꿈
설 땅이 그리울 때
동산에 나무를 심었다

층층이 보이는 소나무에
눈부신 아침이
명주실을 지어 다리를 놓는다

심장에 돌 던진 낯섦에
허리 자른 산은 계곡을 만들어
기억의 조각들까지 흘린다

솔잎 침으로 멍든 혈을 뚫고
산새와 소통의 길마저
피리 부는 노을이다

잎 말라가는 계절을 만나도
한결같은 푸른 꿈들이
솔잎에 와 앉는다

등 굽은 소나무를
내 인생인 양 바라보며
휘파람 불어 본다

입안에 구르는 노래 / 정병윤

내 오랜 지인
잠을 버려가며 사랑하고
잠을 쫓던 날 몸살 앓았다

자정의 문턱 귓속에 박힌
뱃속 노래에 바람이 일어
솔잎 같은 눈썹 아래 눈물 방울방울 산다

움켜쥔 아픔이 내 가슴을 때려도
스미는 마디마다 꿈이 자라
둥지를 그렸다

비바람 몰아친 뒤
언덕 위 쌍무지개에 핀
두 송이 장미를 안았다

머물던 살점 떨어져 나간 자리에
금강송으로 집을 짓고
별과 달을 길쌈해서 새벽을 노래한다

하늘의 눈물에 갇힌 날 / 정병윤

계속해서 내리는 초여름 비
물웅덩이를 팔 때마다
삶의 소리 리듬감으로 공생한다

여름 낮을 깨우던 생각은
비 마디마다 눈물방울을 만들면서
갉아먹다 남은 생각을 또 뿌린다

비에 젖은 자귀나무꽃이
셀 수 없는 것들을 움켜쥔 채
아픈 기억 틈새를 찾아다닌다

만지지 못하는 욕망 속으로
빈틈을 채워나가더니
거울처럼 빛나는 나르시스

내 목덜미를 지나가던 눈물들의
절실한 기도에도 체면을 잃고
한 걸음도 떼지 못한다

존재하는 모든 것에 귀를 닫자
탯줄같이 질긴 인연이 저절로 찾아와
눈치 없는 눈물이 옷깃 적신다

잠들지 못하는 꿈 / 정병윤

어둠이 시간 안으로 들어와
감도는 빛이
가볍게 몸을 내린다

밤이 오면
글 고픈 아이 글 읽는 소리
물굽이 치며 정적을 누른다

글 흐르는 강물이 출렁이며
불꽃으로 타는데
두 손 모아 빛을 담는다

그림자의 춤사위
발길에 차인 자음 때문에 모음이 으스러져
선잠을 잤다

청춘은 설움으로 무늬를 새기고
쓰라린 통곡이 무르녹아
눈물을 흘린다

희망 안은 촛불
날개 끝에 매달린 열정을 흔들고
새벽 끝자락을 태운다

깡통 울음소리 / 정병윤

사지 못해 빌린 공간은
슬픈 깡통이다

누군가의 집 귀를 열면
가족의 웃음이 달려오는데
경매에 매달린 긴 시간에 머리를 싸맨다

절벽 난간에 선 가족
집 안을 채운 통증이
눈에 모래알을 굴린다

배 속에 노랫소리 옥타브를 올려도
등 눕힐 공간 있음에
감사한 날들이었다

숨죽이고 내디딘 걸음
바람 소리도 들을 수 없는데
뻥튀기 소리에
애꿎은 깡통만 발로 찬다

구멍에 피는 꽃 / 정병윤

언제나 자르고 붙이면서
페달 밟는 그녀는 달인

네 평 남짓 수선집
쌓인 껍데기들의 울음이
부활을 기다리고 있다

커졌다 작아지는 키 사이로
구겨진 내 청춘이 다녀가더니
호주머니 가득 자갈이었다

눈썰미로 자를 재며
커지는 페달 소리
늘어난 구멍에
바늘이 손톱 밑을 찌른다

흐릿한 창가에 햇살 흩어지고
바닥에 나뒹구는 먼지들과
굽은 허리로 인생을 돌린다

비우지 못한 껍데기들의 울음과
그리움마저 치료하는 그녀는 마법사

백사장에 새긴 염알이 / 정병윤

슬쩍 흘린 정보가
하얗게 일어나
바람의 밑뿌리를 흔든다

때를 엿보며 밀려오는 파도
돛단배의 바람잡이인 양
짜디짠 눈물을 토해낸다

바다에 떠 있는 욕망이 부풀 때마다
찰싹찰싹 떠보기를 주저하지 않고
허망이 광대 되어 흰 거품으로 흐름을 탄다

허공을 휘감던 불면증이
굼뉘에 귀를 씻고
가슴 하나만 챙긴 리트머스 시험지에
허와 실을 잰다

8월의 장미 / 정병윤

빗방울 촉촉한 사랑이
바람 소리 벗 삼아 핀 꽃
그 사방에 무더위가 쉰다

수십 송이 빨간 정열이
맥없이 마르고 다시 태어난다
그녀가 피운 꽃일까

길 잃은 향기에
가슴 앓던 지난날이 굴러와
가시에 꽂힌다

소리 죽은 울음이 안쓰러운데
어디선가 만 리를 밝히며 피는 꽃
내 언 몸에 불을 켠다

눈을 감고 소주잔 흔들리는
거리를 밀어내고
더 뜨거워진 온기를 당긴다

능선에 이르는 길 / 정병윤

소등같이 편히 누워 있는데
구름이 등타기를 하며
웃는다

저 너머 해가 어린 내 가슴에 안기면
가야 할 길
땀 젖은 신발이 돌부리에 걸채여
오르내리는 길이 비틀거린다

어디쯤인지 모르는 길 위에서
메뚜기처럼 뛰어다니며
나보다 훨씬 큰 소리로
아린 노래를 불렀지

별 얼고 돌 우는 밤
낙엽에 기대어 등걸잠 자는데
새벽이슬이 시린 가슴 데운다

절벽에 걸린 큰 바위 얼굴이
맑은 하늘 바라보며
경전을 읽는다

길을 모르는 나에게
숲 덮은 햇빛이
말씀으로 사다리 놓는다

시인 정은희

|만남에 첫 문 외 9편|

시작 노트

어린 시절 선생님께서 시의 숙제를 냈던 그 계기로 시작이었습니다. 삶의 터전으로 잊고 살다가 나도 모르게 펜을 잡기 시작합니다.
보고, 듣고, 느끼고, 말하는 순간순간 때마다 들고 다니는 노트와 펜

문예대 와서 좋은 교수님들과 동기님들과 함께했던 보석 같은 시간으로 성숙해진 나를 발굴하고 활력소로 만들어 갑니다

글 속에 공간을 채워지는 날까지 감성 소녀처럼 남을 겁니다.

만남에 첫 문 / 정은희

회색빛 구름 사이
이슬비가 촉촉이 내려
설렘을 가득 담고
첫 만남을 맞이하는 공간 안에
서로가 환하게 미소 짓는다

수많은 사람들 사이에 서로를 알아보고
만나기 위한 문을 연다

얼굴을 마주 보며
심장에서 느껴지는 미소를 띠면 행복을 만난다

공간 안에서
따뜻한 마음과 웃음소리가 퍼져 나간다

채워지지 않는 자리 / 정은희

파란 하늘 사이로
붉은 태양이 빛을 뿜어낸다

반짝이는 물결 따라
지난 기억은 추억이 되어 품에 안긴다
불어오는 거친 바람에 바다가 아우성이다

바람 속으로 아픈 기억이 따라간다
텅 빈 공간에 혼자인 마음은 채워지지 않는다

채워지지 않는 허탈함이
머릿속에 맴돌며 여백으로 남는다

그리움을 담는다 / 정은희

그리움 가득 찬
어린 시절 때 가슴에 품고

꾸준하게 채워진 추억들도
은은한 향기로 가득 채워지며
더 담을 수 없는 기억상자들

가슴은 추억을 품고
눈은 가슴에 가득 저장하며
생각은 상자로 포장하고
마음은 향기를 빈 병에 담아 채운다

공기를 춤추는 바람 타고
향기 속에 삶의 원천으로 변신하며
향수로 가득 뿌려진다

젖어드는 그리움이 쌓이는
고향의 향기에 물들어진다

여름비 이야기 / 정은희

따뜻한 봄은 이제 안녕
슬금슬금
뜨거운 태양이 높이 날아
여름이 온다

둥둥 리듬 소리 맞추어
개굴개굴 개구리가 울며
작곡한다

창문에 동그라미를 그리며
똑똑똑 문을 두드린다

초록색 가지 사이로
먹구름 수묵화가 그려지고

여름에 내리는 비는
고요한 정적을 깨우고
재잘재잘 정겹기만 하다.

화려한 비상 / 정은희

푸른빛 깨끗한 하늘
드넓게 펼쳐진 채색 물들며
따뜻한 온기로 만들어 긴다

활활 타오는 물결로 감싸주고
불빛 숲속을 메꾸고
한둘 한들 물살 치면서 휘날린다

외길에 서 있는 외로움
귓가에 맴돌면 울부짖는 것처럼
솟아 올리는 새들

오묘한 기운을 내면서
눈 부신 태양을 받고, 생각을 채우고
작은 요새로 아우라가 띄운다

더 높이 날아가는 새소리 준비를 한다.
더 멀리 날아가면서 열려있는
비상 탈출구는 미지 세계로 빠져든다

깊은 생각 속에 꿈으로 잠들어 간다.

파도의 유혹 / 정은희

춤추는 바람 타고 향기를 맡는다
뜨거운 열기 속을 식혀주는
강렬하고 웅장한 소리가 들린다

하늘과 바다가 맞닿은 수평선 끝까지
하얀 거품을 품은 파도는
강한 물결로 내 마음을 유혹한다

파도가 들려주는 아름다운 선율은
힘든 삶의 길에 희망의 노래가 되어
답답했던 마음이 모래알처럼 가라앉는다

돌아보는 시간 / 정은희

잡히지 않는 지난날
잡을 수 없는 세월은 마음만 약해지고
마음이 텅 비어버린 듯 허하기만 하다

슬펐던 기억
아팠던 시간
두리둥실 흰 구름에 띄워
흐릿해진 고통의 기억을 흘려보낸다

멈추지 않는 세월 따라
지난 시간 춤추는 바람으로 날려 보내고
먼 훗날 다시 돌아보는 지금
봄꽃으로 활짝 피어나길 소망한다.

그림 속 세상에 서서 / 정은희

온 세상에 흰 눈이 쌓이고
보이는 것은 길과 나무들뿐
하늘이 그림을 그리지 못해도
흰 눈을 내려 밑그림을 그려 놓는다

가만히 눈을 감고 생각하니
마음속에 있던 상상의 세계가
아름다운 채색 그림을 펼쳐진다

아픈 상처들을 모두 씻어주며
온통 하얀 세상으로 풍요로움이 가득하고
마치 그림 속에 서 있는 것 같은
나만의 그림 세상이다.

아버지에게로 / 정은희

온새미로 가득한 아침을 맞이하며
가온누리 같은 마음은 늘 힘이 된다

해걷이바람 맞으면서 오는
이곳에 머물다가
힘들 때마다 찾는 별나라에
그리워 보고픈 마음으로 달려간다

나의 아버지께
자주 못 가는 마음이 허우룩하다
먼발치에 가슴에 담는 말은 혼잣말입니다
아주 많이 다솜 합니다

* 온새미로 : 자연 그대로 언제나 변함없이.
* 가온누리 : 어떠한 일이 있어도 세상의 중심이 되며.
* 해걷이바람 : 해 질 녘에 부는 바람.
* 허우룩하다 : 마음이 텅 빈 것처럼 허전하고 서운하다.
* 다솜 : 사랑.

들에 핀 장미 / 정은희

들길 따라 개울가 산기슭에
형형색색 펼쳐지는 풍경 가운데
한시도 눈을 떼지 못할 전경이
눈길을 얼어붙게 한다

만지면 핏빛이 터질 것만 같은
가시덤불 사이로
빼곡히 피어난 꽃송이가
장미의 성을 쌓고 있다

들길 따라 꽃향기 따라나선 오후
가시넝쿨 장미의 성에 갇혀
꽃잎 속에 빠져버린 지금
임을 만난 듯이 행복하다.

시인 **최다원**

|안녕 푸름아 외 9편 |

시작 노트

고요함을 품고 혼자 있는 시간의 힘을 빌려
글을 쓴다는 것은 나를 돌아보고, 주위를 살피며,
사랑하고 그리운 이를 떠올릴 수 있는 행복한 시간입니다

그 시간속을 여행하며 향기나는 시를 쓰고 싶습니다
정이 묻어나는 시를 쓰고 싶습니다

사랑하며 글을 옮기려 합니다.

안녕 푸름아 / 최다원

네가 우리 곁에 온 건
설레고 두근거리는 일이란다
엄마 속 품 안에서
사랑스러운 꼬물이로 지내다
우렁차게 신고한 날
구름 위를 걷는 듯 감격스러웠단다

너로 인해 행복하고
너로 인해 웃을 수 있고
너로 인해 감사했었지

뽀얀 피부에 영롱한 눈으로
전하는 미소는
엄마 아빠의 심장을 멎게 했고
나풀거리는 너의 몸짓은
오감을 자극하기에 충분했었어

사랑하는 푸름아
너에게 주어진 인생이
봄 햇살과 함께 따뜻하고
뜨거운 열정과
아름답고 순백의 눈꽃처럼
빛나기를 바란다

171

그리움 / 최다원

외줄 타기를 하며
사랑 노래하는
까치들의 하모니에
고즈넉한 아침이
운무에 살며시 기댑니다

에스프레소 향과 마주 앉아
아련하게 떠오르는 그대를
찻잔 속에 담고
그리움을 달래 봅니다

오케스트라 악장에 맞춰
넓은 창 위로
흩뿌려진 빗줄기는
그대의 모습으로 반영되고

가지 끝 잎새에 애달프게
매달려 있는 빗방울 속에
허전한 마음을 채우듯
그대 사랑을 눈물처럼 담습니다

개울가 사랑채 / 최다원

도랑 건너 소담스럽게
자리한 우리 집

아름드리 개암나무
내 님 품듯 두 팔 벌려 감싼 집
노랑 나리와 개나리꽃 선창에
화음 넣으며 합창하는
장미 아가씨들의 놀이동산

형형색색 앙증맞은 자태로
매력 발산하는 꽃들의 향연이
훈풍을 타고 코끝을 자극한다

풀벌레 숨결
휘적휘적 실바람을 타면
모락모락 피어나는 옥수수 내음 담아
알알이 정을 쌓고 추억의 디딤돌을 놓는다

굳은살의 투박한 손으로
군불 지피시던 아버지와
낮달맞이꽃 같은 어머니의 여울진 흔적이
해오름 장독대에 드리워져
개울가 사랑채에 그리움이 쌓인다

우산 속 연인 / 최다원

비 오는 날
호젓한 산책길 걸으며
달콤함 꽃향기에 취해
너의 어깨에 살며시 기대어 본다

또르륵 또르륵 흐르는 빗방울이
너와의 대화에 추임새를 더하면
우리의 사랑은 몽글몽글
추억으로 쌓여간다

핑크빛 심장은
흩어지는 꽃잎 따라 파도를 타고
생각의 뜰에선
알록달록 수채화를 그려간다

너와의 우산 속 꽃길 판타지는
빗소리와 함께
사랑의 향기로 물들어 간다

추억의 보물창고 / 최다원

찰칵찰칵 소리와 함께 쌓여가는 추억에는
어색한 포즈와 만들어진 웃음이 함께 한다

까만 피부에 단발머리 소녀는
언제나 맨 앞줄에서 들풀에 기대어
수줍은 미소를 짓고
무심한 듯 한곳을 응시하는 티 없는 아이들도
햇살의 간지럽힘을 애서 외면한다

카메라 앵글 속에서 잠자던 그리운 친구들
사십 년의 시간 여행 후 되새김질하니
사뭇 가까이 있는 듯 푸근해진다

분수대 앞에 나란히 앉아
저마다 표정으로 카메라를 응시하던 친구들이
어떤 모습으로 그 앞에 있을지 그리운 날이다

유유자적 / 최다원

빨리 가라 재촉하는 이 없으니
급한 것도 없겠다
정해진 속도대로
그렇게 가면 되는 것을

관념의 틀에 매이지 않고
자유롭게 여행하며
이십사 시간 속에 희망이라는
글씨를 남긴다

삼목 나무처럼 딱딱하지 않고
갈대처럼 부드럽게
정지된 조화보다
향기 품은 꽃바람이 되고 싶다

가슴으로 얘기하고
눈으로 사랑 나누며
울림 있는 목소리로
아름다움을 남기고 싶다

파도가 전해주는 사랑 / 최다원

소나무 가지 하나 수평선에 걸려
애달프게 서 있다
무얼 보고 있는 건지
무얼 기다리고 있는 건지
아마도 내 님 소식 기다리지 않을까?

밀려오는 파도에 그리움 가득가득 싣고
잘 지내노라고
별일 없노라고
물보라와 함께 보따리 놓아주고 쓸려간다

예쁘게 포장해 있는 선물처럼
내 님을 흠모하는 마음 자락에
설렘이 더해진다

내 마음을 다듬어 주는 사람
내 마음의 그림자를 걷어내 주는 사람
그 사랑의 이유를 알게 한 사람을
저 파도는 오늘도 이유 없이
내게 전해주고 일깨워 주며
선물로 살짝이 놓아주고 간다

묶여 버린 생각 / 최다원

알콩달콩 속삭이며
공원을 거닐 때도 행복했었고
미래를 이야기하며
바닷가를 거닐 때도 낭만이 넘쳤다

세상에서 가장 행복한 얼굴로
홀로 핀 들꽃에도 사랑의 미소를 보내며
여유가 만만했었다
적어도 시간이 흘러 생각이 굳기까지는

둘이 하나 된 사막 같은 일상에선
고갈된 배려로 오아시스를 찾고
하루하루 벼랑길을 걸어가는 삶에서
지난날의 여유는 신기루 같은 호사였었다

힘듦은 내 탓이 아닌 네 탓이었고
묶여 버린 생각은 빙산처럼
정처 없이 떠도는 불평의 온상이 되어
행복은 박제(剝製)되어 가고 있었다

놀란 가슴에 내가 먼저
옹졸한 생각을 깨고 닫힌 빗장을 푸니
박제된 행복에 사랑이 스며들고
고갈된 오아시스에 배려와 감사가 넘쳐흐른다

어둠 속의 빛 / 최다원

어둠 속에서 빛으로 다가온
너는 희망이었다
곁에 있는 보물을 찾게 해 준
너는 사랑이었다

칠흑같이 어두운 방에 갇힌 채
빛을 찾지 못한 침울한 얼굴과
절망의 벽에 선 암담한 마음을
환히 열어 줄 희망의 구세주였다

때로는 그리움이 넘쳐흘러
예쁜 사랑탑을 쌓아 가지만
그 또한 추억의 한 갈래라면
아름다움으로 기대어 있겠지

작고 귀여운 체구에도
바람을 거스르지 않고
유연하게 뿜어내는 사랑의 에너지는
어둠 속의 빛처럼 고마운 존재였다

아버지의 뜨거운 사랑 / 최다원

땅거미 내려앉으면 저만치서
고단한 하루 노동의 무게만큼
지게 가득 소 꼴 한 짐 짊어지고
땅만 보며 오시던 아버지

소죽솥에 불을 지피시고
쇠 부지깽이로 아궁이의 불을 다스리며
고단한 밭일의 시름을 내려놓고
지친 하루를 쉼과 나란히 앉아 계셨다

왜 그리 철이 없었을까
아버지의 처진 어깨가 보이지 않았고
아픈 무릎을 어루만지시던 것을 예사로 알았고
투박하고 거친 손마디의 비명을 듣지 못했었다

부모가 된 이제야 깨닫는다
숯불과 잿불에 가려져 잘 보이지 않지만
언제든지 마른 장작에 불을 붙일 수 있는
불씨 같은 뜨거운 아버지의 사랑을

시인 최하정

| 여름비 내리던 날 외 9편 |

시작 노트

사물과 자연 그리고 여러 시인님과 같이할 수 있는 깊은 감동을 담으며 마음 조급하게 걸어왔습니다.

계절은 어느덧 가을의 초입에 들어왔고 문인으로서 시문학에 정진과 노력을 가슴에 새기며 글 꽃을 피우려 합니다. 만인들의 심금을 울리려 늘 고뇌하며 앞으로도 독자들의 마음을 읽으며 다가가려고 합니다.

독자가 여러 번 관심을 두고 다시 찾을 수 있는 글을 쓰며 행복과 위로와 희망의 글로 정진하겠습니다.

이 글을 읽어 주시는 독자님께 깊은 감사를 드립니다.

여름비 내리던 날 / 최하정

난간에 매달린 파릇한 잎새들
하얗게 뿌려지는 비 맞이하며 반긴다

여름비 내려앉아 쉼 하면
이파리들 좋아라 더욱 초록을 발하며
소리 없이 흩날리는 웃비에
겨우 모인 물방울은 기둥을 타고 흐른다

은빛 물안개의 희뿌연 창밖 풍경에
난 그냥 숨이 멎을 지경이다

잿빛 하늘은 어느덧 말간 공기로
주변을 정화 시키며
맑은 한나절을 만들고 있다.

정겨운 돌담길 / 최하정

마을 어귀엔 소담한 돌담이
온 동네를 포근히 감싸고 있다

쑥덕이며 깔깔대는 아낙들의 웃음소리가
돌담을 타고 울려 퍼진다.

울퉁불퉁한 길을 따라
삐걱대며 굴러가는 마차 소리가
늘어선 감나무의 꽃향기 실어 나른다

오늘처럼 꽃 이파리 날리면
추억되어 가슴에 담기며
그 길 따라 어깨동무 같이하던 옛 친구들이
더욱더 그리워진다.

그날의 이별 / 최하정

시린 이별로 가슴 아파 눈물 삼켜버린 그날
실낱처럼 막연한 기대마저 무너지고
멍한 현실과 마주쳤었다

강의실의 함박웃음은 어두운
그림자에 떠밀려 가고
창가를 비추던 햇살마저 먹구름이 삼키며
기다란 빗줄기를 내어주었다

지금은 캠퍼스를 누비며
희망의 꿈 키우기에 여념이 없을
그때의 어린 친구들이
가끔 머리 위에서 아른거린다

깔깔 웃음으로 함께했던 아이들이
두루뭉술한 삶이 되길 바라며
나래 되어 날아간 그 뒷모습에
미소를 띠어 보낸다.

지나온 세월 / 최하정

허리춤에 붙잡아 둔 초바늘은 더욱 날렵하게 움직이고
세월 앞에 두고 온 가슴은
허공을 두리번거리는 연 꼬리 같다

행여나 좋지 않은 나의 내면이
기억에 남을까
주섬주섬 챙겨 얼기설기한 그물에
걸러본다

희로애락을 담은
갖가지 사연들이 세월 위에 앉아있고
나름 잘 살아왔다고
후회의 앙금 덩이는 훌훌 털어버린다

아련한 기억 위에 돌고 도는 굴레는 째깍거리고
조잘거리며 요사이 여름밤을 어수선하게
넘어가고 있다.

가버린 사랑 / 최하정

아름다운 사랑 위에 지쳐진 마음
번지 없는 안갯길에 서성인다

나보다 더 날 사랑하던 임
어디에 있어도 그리움은 날개를 달고

이미 발라버린 슬픔에
가슴속은 젖은 솜뭉치 같다

희미해진 기억을 따라 이렇게 아파하는 건
그대도 어디선가 먼 하늘을 볼 것만 같아

사라져간 그림자를 불태워
나 여기 그대를 그리워한다.

어머니의 품 / 최하정

고운매 닮아 어질고 고우신 어머니는
넘치는 사랑으로 기쁨을 주셨고
어려움 속에서도 어린 우릴 품어주시고
새물내 나는 포근한 가슴도 내어 주셨다

바라만 봐도 함초롬한 어머니의
뒷모습과 새색시처럼 고운 맵시도 내 가슴에 담긴다

어머니!
그 자리에서 밝은 얼굴 지으시면 고마움 어찌 다 헤아릴까요

그 모든 사랑이 개여울에 흘러들어 둔치 아래 머물면
동그마니 포근한 어머니의 품을 그린다.

* 고운매 : 아름다운 여인
* 새물내 : 빨래하여 이제 막 입은 옷에서 나는 냄새
* 함초롬한 : 가지런하고 곱다
* 개여울 : 개울의 여울목
* 둔치 : 물가의 언덕
* 동그마니 : 사람이나 사물이 우뚝하니 있는 모양

사랑은 파도를 타고 / 최하정

그리움이 물든 사랑은
수평선을 너울대며 다가오고
솜사탕 같은 포근함은
하얀 거품에 스며든다

파도가 쓸려갔다 밀려올 때면
사랑은 한 뼘씩 커지고
모래알에 닿아 철썩일 때면
반짝이는 물결 따라
그대 향한 마음은 커다란 거품 되어 부서진다

그 그리움과 사랑 오래 간직되길 염원하며
모래밭에 깊이 묻어둔다

달빛 잔잔한 윤슬 위에 그대 모습 비치면
하얗게 일다 사라지는 꽃구름처럼
내 마음도 그 위에서 노닐다 흩어진다.

고목 매화나무 / 최하정

수백 살은 너끈히 넘었을 매화나무
가파른 산비탈에서 동녘 해를
바라본다

의연한 자태로 메마른 가지 끝에
향긋한 꽃망울이 봉긋이 맺혔다

험난한 비바람과 눈보라 속에서도
아름드리 거대한 몸을 사리지 않고
매년 아름다운 꽃을 피워 낸 기쁨의 세월

밑동이 검게 파여 썩어가더라도
앞으로도 모진 세월을 묵묵히 견디며
화사한 꽃을 피우길 간절히 염원한다

자연의 섭리에 머리 숙여 감사하며
남은 내 삶도 고목 매화나무처럼 살아가련다.

기억 저편에 화가 / 최하정

축 처진 어깨 등에 메고 늦은 귀가하는 아랫방 노총각
물 말은 국수를 허기진 뱃속으로
순식간에 감춘다

툇마루에 걸쳐진 단물 빠진 옷가지들 계절이 바뀌어도
색 바랜 옷은 여기저기 널브러져 있다

장대비 쏟아지는 날이면
슬레이트 지붕 사이로 새어 나오는 빗물 따라
그의 한숨이 더욱 깊게 흐른다

그 시절 돌아보면 내 삶의 틈새로
먹먹한 애환이 밀려와 펜 끝에 눈물방울 맺힌다.

가시 끝에 핀 장미 / 최하정

새벽이슬 담은 옷비에 가지마다 붉은 꽃망울 맺혔다

담홍색을 띠며 팔랑이는 꽃잎들
살짝 만지면 터질듯한 망울은
꽃잎 끝에 향기 따라
초록 이파리 위로 가만히 기대어 선다

뾰족한 가시 끝에 닿아버린 꽃망울
잎새들 사이로 이슬 한 모금에
활짝 기지개를 켜며 웃는다.

시로 꾸며진 정원

(사)창작문학예술인협의회 주관
대한창작문예대학 졸업 작품집

2023년 9월 11일 초판 1쇄
2023년 9월 13일 발행
지 은 이 : 김명호 김영수 김정섭 남원사 문방순 서준서
　　　　　송근주 신향숙 심선애 심성옥 염경희 전경자
　　　　　정대수 정병윤 정은희 최다원 최하정
엮 은 이 : 김락호
편집위원 : 박영애
디자인 편집 : 이은희
기 획 : 시사랑음악사랑
연 락 처 : 1899-1341
홈페이지 주소 : www.poemmusic.net
E-Mail : poemarts@hanmail.net

정가 : 15,000원
ISBN : 979-11-6284-474-8